© 2025, Camille Sovester
Édition : BoD - Books on Demand,
31 avenue Saint-Rémy, 57600 Forbach, bod@bod.fr

Impression : Libri Plureos GmbH, Friedensallee 273, 22763 Hamburg (Allemagne)

ISBN : 978-2-3225-6955-7
Dépôt légal : Février 2025

Célibataire, sans enfant, solitaire, je ne ré-écrirai pas un journal, à la Bridget Jones.
Je ne chanterai pas du Céline Dion à tue-tête, dans mon salon, aussi ronde qu'une queue de pelle.
Je ne me mouvrai pas de ma vie, à faire défiler des anecdotes dont je n'ai connaissance et que je ne désire partager (j'ai une dignité).
Ceci est un tout autre livre. Une toute autre section.
Me voilà donc, dans mon canapé, avachie, un vendredi soir, à boire une tisane au gingembre.
Oui, voici le décor! Nous partirons plutôt sur une thématique, du type "Tati Danielle", la frénésie en moins (Je ne suis pas folle, vous savez!) !

Commençons par les présentations, autour de cette tasse. Installez-vous confortablement, enveloppez-vous d'une couverture chaude, et buvez deux litres d'eau par jour (et n'oubliez pas vos cinq fruits et légumes).

Fin de la trentaine, j'ai bien connu une histoire. Une. De six ans. Longue. Il y a cinq ans.

J'ai connu ces débuts, où tout était beau: le ciel, les fleurs, les premiers rendez-vous et ma belle-mère!

J'ai cru un cours instant être amoureuse, mais dans mon monde, l'amour n'existe pas.
Ou certainement, m'a-t-il oubliée, la flèche de Cupidon m'évitant comme la peste.
Ou est-ce moi, qui me prends pour ce cher Néo dans Matrix, évitant qu'elles ne m'atteignent, telle l'élue, les esquivant et m'enfuyant à la vitesse lumière, comme si un clown voulait me forcer à regarder attentivement ses sketchs, et rire à ses blagues ridicules. Et effrayantes.

Je ne suis pas vilaine, physiquement… enfin… J'ose à croire ce qu'on me dit, sur ce sujet bien subjectif.
Mais qui oserait me l'avouer, après tout? Et puis, dans quel objectif? Mourir prématurément?

Chose à introduire de suite; lorsque je ne dis rien, je juge tout le monde silencieusement. Cela aura son importance tout au long de ces pages, probablement. Vous jugerez par vous-même.
Autre point; il faut que je vous présente mon meilleur ami: le second degré. Information considérable, précisément lorsque je fais allusion à d'éventuels effets de violence qui pourraient vous paraître disproportionnés (et vous faire peur), mais il n'en n'est rien. N'ayez crainte.
Munissez-vous d'une croix et d'une gousse d'ail et tout ira bien.

J'imagine que vous voulez savoir ce que je fais dans la vie. Ceci est une bien plus longue histoire…Et complexe. Peu utile, aussi.

J'aimerais, à ce rendez-vous, vous faire lire mon Curriculum Vitae et cela vous éviterait, a fortiori, de subir toutes certaines pages qui suivent, mais vous rateriez des anecdotes, que pourtant je connais bien.
Et on ne peut décider d'un avis personnel, en une couverture ou une page.
Vous connaissez l'adage!

Vous verrez, au fil de mon récit, que vous ne vous ennuierez pas. Avec un peu de persévérance, parfois, mais laissez-vous emporter par mes écrits, le temps de quelques pages, au moins.

J'ai pour ambition de vous faire sourire, rire, vous toucher en plein coeur, et vous proposer quelques notions de physique cantique, si vous le permettez.

Rupture

"- Si je te quitte, c'est parce que nos chemins ont pris des trajectoires différentes.

- *Pas vraiment. Je vois notre relation comme une route. J'étais au volant. Je t'ai oublié sur une aire d'autoroute. Je m'en suis rendue compte au péage suivant. Je ne voulais pas faire demi-tour. Trop tard. J'avais déjà payé."*

Cette belle année 2020. Un 5 janvier.
A ce moment de ma vie, je suis professeur d'Anglais, et mon histoire de six ans s'achève. Enfin!
Je suis anéantie, dans mon lit, inerte et perdue, malgré l'évidence que cette pseudo-romance s'était déjà achevée, dès notre première année de notre vie commune.
J'avais rapidement aspiré à m'émanciper de cette vaine histoire, néfaste à un avenir ambitieux et serein.
Rien n'a été plus bénéfique, que cette solitude curative.

J'avais tenté de m'accrocher à cette relation, espérant que les choses se décantent, qu'une vie à deux s'ouvrirait, à trois, à quatre.
Que l'Amour naisse, un beau jour. Ce jour n'est jamais venu.
Rien n'a servi de l'attendre. Je pouvais courir. Je pouvais fuir à grandes enjambées. Si seulement j'avais su.

Ce fut néanmoins devant une trentaine d'élèves que je me retrouvais au quotidien.
Et ce n'était pas une ambition à laquelle j'aspirais réellement.
Qui souhaite cela, après tout?

Des profs.
Pas moi. Pas mon métier. Encore moins, ma destinée.

J'étais seule, pour la première fois, depuis des années. Dans ce même salon. Eplorée non pas de notre très chère maladie d'amour bien trop connue, mais éplorée d'avoir été abandonnée, oubliée, dé-aimée, et ainsi d'avoir perdu ce rythme de vie que j'affectionnais contre mon gré, dans lequel je m'étais assise, inconsciente de mes réelles aspirations.
Cette prison de verre.

Cette balade à deux, et ces pensées pour deux, au quotidien.
Cette routine sordide. Ces choix à double tranchant. Le regard de l'autre, qui au fil du du temps, se vidait de tout sens, ou même éventuel sentiment certain.

J'avais abandonné mes amis, mes proches, au profit d'une romance de comptoir. Sans destinée. Sans Amour.

*

Pendant des mois, en ce début d'année, j'observais, dans le noir, mes pensées qui m'avaient abandonnée.
Je me nourrissais de mon silence spirituel et du vide lugubre qui m'enveloppait.
J'oubliais de dormir, de respirer. J'oubliais qui j'étais.

Enfin… seule?
C'est au moment où nos cages ont été scellées, ce 16 mars de cette année charnière, que j'ai compris ce qu'était la solitude.
Et avec cet isolement, j'ai pris la décision de culbuter mon train de vie. D'une manière ou d'une autre et surtout, n'importe comment.

J'ai compris relativement tôt qu'il ne fallait jamais faire de sa passion son métier, au risque d'être malheureux (ou d'enquiquiner ses collègues pendant de longues minutes, pour un détail qui n'importe personne), mais il n'était pas question pour moi, d'exercer une activité qui me déplaise.
Et pourtant, c'est bien ce que j'ai fait.
Autre expérience nourrie au sadisme, elle était également nécessaire.

J'ai commencé par reprendre des études. Oui. La trentaine, célibataire, sans enfants, pourquoi ne pas retourner sur les bancs de la fac, que j'avais tant bien que mal évitée, à l'époque (à l'époque…), pour me retrouver à me rendre tous les jours au collège. Allez savoir!
Tout est logique, me direz-vous.
Comme quoi, parfois il faut cumuler les mauvais choix.

Me voici donc, étudiante en droit, à cette fameuse Université de la Sorbonne.
Pourquoi le droit? Aucune idée. J'en comprendrai la raison, bien plus tard.

Aujourd'hui, donc, sur ce sofa, en conversion ou au chômage, (comme vous voulez le définir, après tout), me voici, à ressasser ma vie devant vous, avant de pourrir à 40 ans.
J'ai lu que le corps humain avait une espérance de vie de quarante ans. J'en ai conclu qu'ensuite, nous pourrissions.

Et non. Si vous vous posiez jamais la question; je n'ai aucun regret.
Si je suis ce que je suis aujourd'hui, c'est grâce à mes erreurs, mes choix, ma vie, mon passé. Et non. Je ne regrette rien.
Si dans votre tête, vous entendez une certaine Edith, dites-vous

simplement que vous êtes sur la même longueur d'ondes que moi (Chérie FM ou Nostalgie).

*

Mars 2020.

Après une certaine errance mentale, nous voilà confinés. Pour cinq semaines, initialement.

A mon unique écoute d'une certaine annonce présidentielle, je décide de partir au grand air.
Pas question de rester seule, enfermée, parmi ces murs blancs et vides d'histoire.

Je prends ma voiture, traverse le pays, et me réfugie donc dans une maison avec piscine et jacuzzi, au grand air de la Dordogne.

Petite routine bien-être: yoga et achat de vivres le matin, balades en forêt l'après-midi et guitare et chant le soir, accompagnée de bon vin régional.
J'étais partie seule, pour m'isoler, sans personne. Qui pouvais-je contaminer? Ne criez donc pas au scandale. Même la Covid, à l'époque, ne voulait même, s'approcher de moi.

J'avais besoin de m'occuper l'esprit, et prendre soin de moi, pour une fois. Se retrouver, c'est aussi cela.
Se défouler, retrouver son corps, qui nous rappelle à coups de courbatures, qu'il vit et qu'il est prêt à affronter la vie qui s'impose devant nous et in fine, nous guide vers notre for intérieur.

Je partais, marchais des heures dans la forêt, pendant des kilomètres, "oubliant" mon téléphone sur une table, dans mon refuge éphémère.
Je descendais vers les rivières et remontais péniblement ces sentiers ardus.
Le premier jour, c'est toujours beaucoup plus physique. Une côte pentue, un essoufflement, tel un râle mortel, la sueur ruisselant sur notre front et séchant dans nos cheveux ébouriffés.
Et dès le jour suivant: "une côte de cinq kilomètres à quarante degrés? Cela ira très bien", me disais-je. "Pourvu qu'il y en ait d'autres!"

Il fallait que je retrouve une stabilité d'esprit, que je dorme surtout, paisiblement.

C'est durant ces moments difficiles, que la fatigue prend le dessus sur tout, nous dévoile notre fragilité et qu'on se réveille un beau matin, notre corps nous hurlant un "Merde, il suffit. Tu fais n'importe quoi. Reprends-toi. Relève-toi. Ou je te mets par terre."

N'importe quel médecin ne pouvait guérir mon mal, n'importe quel guérisseur aux pouvoirs extraordinaires ne pouvait exorciser ces fantômes du présent.
J'étais seule à bord de ce navire en naufrage et je devais me laisser emporter par la tempête.
Non pas attendre qu'elle passe, mais la confronter et voguer de l'avant.

Juin 2020.

Retour "à l'école". Ces très chers bambins.
Devant moi, une petite trentaine de petites têtes apaisées au-dessus de leurs bureaux, heureuses de se retrouver, de revoir leurs camarades et reprendre le chemin de l'école.

Retour à la réalité.

Je ne veux plus emprunter ce sentier.
C'est la dernière année où j'enseignerai l'Anglais.
Rabâcher tous les ans à des collégiens: le présent, le futur, le passé, le vocabulaire de l'école, des vêtements… et rebelote, l'année suivante.
Je ne voulais pas faire ce "métier", toute ma vie.
Quand bien même je changeais mes thèmes, mes cours, mes programmes, tous les ans, cela revenait au même. Je m'ennuyais et m'ennuierai. Je tournais en rond et plus rien n'avait de sens, au sein de ces murs.

Former des élèves à l'avenir, alors qu'ils quittaient inlassablement ces établissements pour faire leur petit train de vie, tandis que je restais là, devant ce tableau que je remplissais itérativement de lettres et d'images au quotidien, n'a jamais été mon ambition.
J'avais besoin de donner du sens à mes heures.

Juillet 2020.

Vacances d'été. J'étais prête à débuter n'importe quelle "carrière", n'importe où et surtout, n'importe comment. J'insiste. Ce fut le cas. Tout en un. Un alliage de mauvais choix, que je porterai tel un talisman. Cette couronne de leurres.

Pendant deux ans, j'ai vogué à un emploi que je voulais quitter dès le premier jour. Pas mon monde. Pas mon approche. Loin de là, mes compères.

Si cette expérience était à réitérer? Que disais-je? Aucun regret? Ma foi, elle m'a été utile. Tout comme chaque étape de ma vie.

Tous les soirs, en rentrant chez moi, j'avais nourri ce manque, cet oubli de mon âme, par un verre de vin.
Puis ce verre est devenu une bouteille. Puis deux. Parfois plus. Je ne m'en souviens plus. Je n'étais plus dans mon corps.
Le moindre tourment, la moindre préoccupation, le moindre questionnement sur un rien, me ramenait vers ce verre que je désirais remplir et vider d'une traite pour en enchaîner d'autres, inlassablement et des nuits durant.
Puis ce tourment m'appelait de plus en plus fort, de plus en plus profondément, intensément.
Je n'avais jamais connu cette obsession, ce sentiment ultime, qui nous attrape par les veines et rythme violemment chaque battement de notre coeur ruisselant jusqu'à notre esprit, qui ne dépend plus que de ce cycle infernal.
Ce verre rempli. Cette nécessité. Cette sale habitude.

Jamais pendant ces deux années, n'avais-je franchi le seuil de ces bureaux, sans de conséquents résidus d'alcool dans mes artères. Pas une journée de sobriété. Pas une journée de lucidité. Sans jamais le montrer à qui que ce soit. Et qu'en savais-je après tout? Je ne voyais plus personne autour. Seules des ombres, tels des spectres qui ne m'effrayaient aucunement.

J'étais un fantôme, errant dans les couloirs, longeant tous ces bureaux frénétiquement, arborés d'âmes inertes, vides de sens et au moindre intérêt.

Ma guérison mentale n'était pas encore accomplie.
Et cela, je ne l'ai réalisé que le jour où je fus libérée de mes obligations professionnelles, passant la porte de cet établissement à tout jamais, sans aucun regret.

Ce verre qui me hantait jadis, était finalement vide, sans voix, ni écho, et cette surdité m'étais devenue rassurante.
Il ne m'appelait plus, ce poison. Il n'avait plus besoin de moi, et je n'avais surtout, plus besoin de lui.
En quittant brutalement mon emploi, j'avais quitté ce verre. Ces verres. Cette bouteille. Ces bouteilles. Une nouvelle habitude.

Parmi mes nouveaux collègues, je me suis un beau jour, surprise à ré-entendre le son de ma voix, de mon rire, qui s'étaient camouflés craintivement sous mes tourments, pendant ces deux années des plus incertaines.
Années incertaines, mais charnières. Essentielles.
Elles m'ont guidée vers ma rédemption.

La vie pouvait à nouveau reprendre son cours, sans virus physique ni tracas psychique.

Je me suis finalement reconnue. Moi, surdouée solitaire, qui ai décidé de ne pas pourrir à quarante ans.

"Le lauréat"

"Tu n'as aucun filtre"

En colocation avec ma personne, j'ai pris le temps (cinq ans) de me remettre en question, me critiquer et parfois, oui, m'admirer (*"C'est moi la plus belle!"* Pardon.).

Je me lasse de chansons, d'histoires, de films et surtout, des gens.
J'ai réalisé tardivement, que je n'avais que faire des autres.
Lorsque je circule au beau milieu d'une foule, je ne fais qu'errer furtivement, parmi ces ombres aux âmes inconnues (et dont je me moque éperdument).
Avantage? Disons, qu'il m'est impossible d'être jalouse de qui que ce soit. Inconvénient? Disons, que je sème la jalousie tout autour de moi. Non pas parce que je pense être meilleure, au-dessus de tous et de tout, du haut de mon mètre soixante-quatre, mais qu'avec mon absence de filtres, doublé de mon parler au second degré, je pourrais prétendre à la première place de la connasse de service.
Et pourtant, rassurez-vous, je vous aime. A ma façon. En silence. En vous jugeant.

J'ai constamment excellé à me fondre dans une masse, dans ma jeunesse, à imiter mes camarades, sans être la meilleure, ni la pire. J'ai simulé une vie ordinaire, parmi mes compères. J'ai tenté de prétendre être comme tout le monde. Normale. Basique. Sans histoire. Surtout ne pas se faire voir. Tenter d'être invisible aux yeux des autres.
Cet exercice était bien plus complexe qu'il n'y paraissait, car lorsque l'on est différent, on souffre de cette absurde normalité.

Et à l'aube de l'âge adulte, ces démons de ma personnalité m'ont rapidement happée.

Parfois des plus heureuses, souvent des plus abattues.
Mais enfin. Je ne saurai mettre fin à mes jours.
J'ai été dotée d'une maladresse sans équivoque.
Si je fonçais contre un mur, armée de mon volant, je finirais bien sur quatre roues en pneumatique, à me morfondre de ma vie, le matricule figé à du plastique collé à mes cuisses.

Je n'ai pas besoin de me donner de raisons d'être affligée davantage.
Je suis consciente que je ne serai jamais heureuse et cela est un grand pas pour mon "avancement", moi, l'éternelle insatisfaite.

Mais tout de même, autant faire en sorte à ce que la vie nous apporte un brin de quelque chose? Un brin de sel, sur un plat de pâtes au beurre?
Sauvez, ce dernier grain de maïs, qui ne veut pas terminer, broyé avec cette boite de conserve!

Et finalement, quelque chose pourrait aussi soudainement, frapper timidement à notre porte.
Il "suffit" de ne pas la verrouiller.

J'ai grandi au sein d'une famille, avare d'empathie et de bienveillance. L'Amour, je l'apprendrai à l'école de la vie.

Mon frère, "ce héros", déclaré surdoué à 7 ans, au Q.I. de 165, a mené notre train familial, sur lequel je m'étais assise, observant silencieusement les paysages de ma jeunesse, sans même m'agripper à quoi que ce soit de solide. Rien ne l'était.

D'ailleurs, je n'ai réalisé son intelligence que ce soir où on me l'a mentionné, lorsque j'avais une vingtaine d'années.

Ce gamin, je le voyais comme un personnage violent. Dangereux.

Mon premier jour d'école maternelle, je me rappelle avoir lancé à une camarade: "Regarde! C'est mon frère, qui court!"
Mon frère, qui effectivement courrait, puis s'est mis à escalader le grillage de l'école pour s'en échapper, suivi de plusieurs maitresses à ses trousses, le rattrapant et le tirant par le pantalon, pour le ramener sur la pelouse, où il s'est débattu pour retenter son évasion, qu'il manqua.

"Euh… Non… C'est pas lui. Je me suis trompée de garçon."
C'était bien lui.

Mon premier jour d'école primaire était sa dernière année dans celle-ci. Dans cette même cour, je le croise et le salue.
Il m'attrape alors par la gorge et me maintient les doigts serrés autour de mon coup, à quelques centimètres du sol.
Ma meilleure amie fut si traumatisée de cette scène, que même trente ans plus tard, elle ne manque pas de me rappeler cet évènement (J'imagine qu'elle espère qu'il est enfin à sa place, désormais. En prison. Au moins enfermé quelque part. Loin des gens. Hors de nuire.).
Une maîtresse nous sépare. Enfin… me dépêtre de ces mains qui n'avaient rien à faire de très catholique autour de mon coup.

Le soir au dîner, je racontais cette anecdote sordide à mes parents.
Ma mère me défend alors d'échanger quelque mot que ce soit à mon frère, en public. De ne jamais parler de lui à mes amis. A personne. De rien sur le sujet.

C'est ainsi que j'ai occulté le fait que c'était un surdoué. Chaque fois que mes parents parlaient de lui, je réussissais à couper le son et certainement, m'évader dans mes pensées les plus féériques.
Mon imaginaire, mon sauveur. Mon échappatoire. Mon univers inébranlable.

Et je n'ai effectivement jamais parler de lui à quiconque.
Même plus à mes ascendants, lorsque dès lors qu'ils nous abandonnaient quelques minutes dans la voiture, je me retrouvais systématiquement assénée de rafales de claques, parce que j'étais simplement là, parce que j'existais.
Quand enfin mes parents revenaient dans le véhicule, sans savoir qu'ils me faisaient l'économie d'autres gifles, je feignais d'être dans un calme olympien.
A l'intérieur, je bouillonnais, autant que mes joues n'étaient rouges de douleur.

Je n'ai pas même évoqué à mes camarades, professeurs, ou n'importe quelle personne un tant soit peu responsable, mon passage de quatre semaines à l'hôpital, cette année-là.

*

Un soir, j'étais rentrée chez moi avec une amie et ce jeune homme était présent, à la maison.
A notre arrivée à l'étage, il était sorti de sa chambre, en trombe, hurlant à cette pauvre innocente de quitter les lieux sur le champ.
J'ai soufflé à ma camarade de partir et que tout irait bien.
Tout n'irait pas bien.

Je la raccompagne alors à la porte, puis me dirige vers mon frère, décidée à découdre de cet incident, sur le champ.

Au bout de pénibles échanges, je finis par lui avouer qu'il "ne sert à rien". Sacrilège de ma part.
J'avais sans le vouloir, initié un combat dont les paris gagnants m'étaient irrévocablement défavorables.
Il m'a alors diligemment sauté dessus, plaqué sur mon lit, et fustigé de coups de poings au visage.
Je ne saurais dire combien, ni combien de temps cette altercation a duré.
Je suis parvenue à m'extirper mais sur son chemin, il s'est armé d'un balai (Ce balai, qui comme dans un jeu vidéo, est apparu de nulle part. "Vous avez gagné un bonus balai. Utilisez-le pour tabasser votre frangine".).
Il m'a ensuite asséné de coups avec le manche, au bras, que je braquais devant moi, afin de tenter de protéger mon visage, déjà tuméfié de douleur et d'hématomes.
J'ai pu me confiner dans la salle de bain, je ne sais comment, en me télé-portant, certainement, et ai téléphoné à mon grand-père, afin qu'il m'emmène d'urgence, à l'hôpital.
Cela a pris des heures. Deux heures, pendant lesquelles, je me vidais de mon sang, cloîtrée au sol, dans cette salle de bain.

J'ai enfin entendu mon grand-père à l'orée de la chambre de mon frère, qui lui disait, d'un calme des plus olympien: "Ce n'est pas bien. Il ne faut pas taper ta soeur".
Non, il ne faut pas taper ta soeur. Ni personne (Je crois. Enfin, j'ai cru comprendre. C'est quelque chose que je me dis, des fois. Tu ne frapperas pas ton prochain. Amen.).

J'ai finalement ouvert la porte, mon oncle se tenant de l'autre côté, les yeux, à mon égard, subitement sidérés. Première fois que je le voyais silencieux. Et choqué.
J'ai compris que pour une fois, mes souffrances pouvaient être visibles, même en me taisant.

Mon grand-père, trop prudent au volant (vingt kilomètres parcourus en un peu moins de deux heures), me déposa à l'hôpital, où j'ai été rapidement prise en charge, sans passer par la case salle d'attente.
Pas de retour à la case "accueil". Rendez-vous directement à la case radio. Venez vous allonger dans un lit. Et buvez de l'eau.

Je n'avais pas encore constaté les dégâts sur mon visage. Je ne voyais d'ailleurs, que mon nez, qui me cachait la vue de toutes les personnes qui avaient pu me croiser ce soir-là. Et je me disais, que cela valait mieux.
J'avais honte.
J'avais honte de ma vie, des autres et du fait que je vivais dans un environnement hostile. Et dangereux. Et que du haut des mes quatorze ans, je ne pouvais rien faire d'autre que d'attendre. Attendre l'âge adulte. Ou qu'un drame éclate. Enfin.

Pendant la nuit, une assistance sociale vint me réveiller et échanger avec moi. J'ai pour la première fois dû m'expliquer. M'expliquer sur ma situation. Mon passé. Ce qui m'a mené droit dans ce lit d'hôpital.
Pourquoi je ne pleurais pas.
Sans me demander mon approbation, cette femme décida de porter plainte contre cet enfant de 17 ans.

Le lendemain, je fus réveillée par ma génitrice qui me lança, sur un ton des plus nonchalant et inadapté: "Ah! C'est toi! Je ne t'avais pas reconnu, tellement tu étais défigurée!".

Il était midi. Elle avait profité de sa pause déjeuner pour passer me voir.
Oh, il ne fallait pas. Oh vraiment, une visite? Tu aurais dû me prévenir! Si j'avais su, je me serais refait une petite beauté!

J'ai passé quatre semaines dans ce lit et personne n'a jamais reparlé de cette épisode. Surtout pas à moi. Surtout pas du procès.
Surtout pas des conséquences.

*

La jeunesse de mon frère a été tumultueuse. J'imagine qu'il a tenté une scolarité dans tous les collèges de la région, bien souvent par interim.
Son record dans un établissement était d'une poignée d'heures.
Je n'ai jamais cherché à détailler ce qui s'y était déroulé, certainement afin de protéger mon innocence (une histoire de côtes cassées, initié par un rire de cette pauvre fillette…).

Ce môme a été élevé par des parents qui l'on couvert à temps complet, lui renvoyant constamment qu'il était intelligent, que rien n'était de sa faute, et qu'il fallait tout, absolument tout, lui donner et ne jamais, jamais rien lui prendre.

Si de mon côté, je remplissais toutes les cases de la normalité, du moins, en apparence, lui, se comportait comme un délégué de Satan.

Pourtant, de l'extérieur, notre vie semait des envieux. Nous vivions dans une maison avec jardin, j'avais de bonnes notes, ne commettais jamais d'impairs, étais bien vêtue et restais toujours discrète et polie.
Ne pas se faire remarquer. Se fondre dans la masse humaine.

J'étais envoyée à l'étranger à chaque vacances scolaires, et nous partions un mois aux Etats-Unis l'été, avec mes géniteurs et Méphistophélès Junior.

Je ne semblais manquer de rien, mais aspirais à une vie, simplement, de paix.

Cette double vie d'agent double fut le pilier de ma personnalité. Cacher les souffrances, marquer les esprits. Notamment le mien. A la cire et au chalumeau, de préférence.

"Love, Actually"

J'ai passé six années "en couple", comme on dit. Je n'étais pas amoureuse. J'avais simplement pris l'habitude d'un quotidien à deux, et m'étais confortée dans une sorte de pragmatisme malsain.
Je vivais en cohabitation avec cette personne, par obligation. Ou lâcheté.
Je ne serai effectivement jamais de celles, qui boucle une relation.

Tous mes proches sont mariés, en couple, avec ou sans enfants. Mais jamais seuls. Ne fallait-il pas encore prétendre faire comme autrui?

Je dirais d'emblée que la réponse est évidente.

Tout le monde peut-il s'avouer être Amoureux? Tout le monde peut-il prétendre vraiment aimer son prochain? En silence? En l'observant? Sans le juger?

Idem.

L'Amour. Alors, c'est quoi?
Un regard, des papillons dans le ventre, un désir de se rapprocher davantage de l'autre, des pensées tourmentées et obsessionnelles.
N'est-ce pas plutôt la définition d'une passion? D'une obsession?

L'attirance. N'est-elle que physique? Intellectuelle? Morale?

J'ai pu ressentir tout cela. Sur une route à sens unique. Ce personnage qui était des plus banals:
Un hippopotame, aperçu durant ce safari de ma vie: peu flatteur, matricule excessif, pas si intelligent, à la gentillesse des belles-mères contées dans notre jeunesse, et l'amabilité flagrante d'une porte de prison.
Un homme pas vraiment beau, pas vraiment gentil, pas vraiment humain.
Quel beau portrait! Je suis fabuleuse (ou sadique, certes)!
Et pourtant, il m'est tombé dessus, ce foutu Amour. Comme cela, un après-midi d'été 2020.
Situation loufoque; un regard souriant peut faire sombrer un coeur glacial. C'est ce qui s'est passé. Et depuis ce jour, j'ai été hantée par l'Amour. Il me manquerait presque, plus tard.

Chaque seconde, c'était à lui que je pensais. Sera-t-il présent demain?

Oui.
Et mon coeur de battre à la chamade, impatient de simplement le revoir.
Et de le voir, mon coeur se figer. Ma tête de contempler. Mes larmes, de ne pas se mettre à nu.

Non.
Et mon coeur en suspens, arrêtant les secondes pour lancer un chronomètre interminable, en attendant impatiemment son éventuelle venue.

Les premiers mois, il passait, tel un coup de vent, longeant furtivement les murs et m'évitant pour partir prestement le plus loin possible, aussi longtemps que possible.
Et de sentir ce coup de vent qui à peine me frôlait, était aussi douloureux que tendre.

Une brise, telle une claque. Un regard, tel un coup de feu en pleine tête. Une présence, tel le temps qui se fige.

Puis, enfin, de simples échanges naquirent et toujours, ma contenance éternelle en face de l'autre. Il ne fallait rien dire. Il ne fallait pas qu'il sache.
Je ne voulais pas souffrir. Je ne voulais pas qu'il me fasse du mal.

Et pourtant, je souffrais.
Je souffrais de ce désir et me réjouissais de ces pensées tournées systématiquement vers lui. C'était mon jardin. Secret.
Mon jardin à moi, inébranlable par personne d'autre que lui. S'il avait su. Peut-être l'avait-il remarqué, après tout.
Qui regarde une personne intensément, sans ne dire mot? Qui se bave dessus tout en étant éveillé, entendant l'autre parler? Qui n'entend plus rien que ces paroles, en ne percutant pas que tout brûle tout autour ?

Après mon départ, j'ai fini par lui avouer mes sentiments, jetant un message telle une bouteille à la mer, avec toujours entre nous, cette barrière mentale, la même que j'avais fortifiée davantage, depuis mon enfance:

" Je t'avoue, que cela fait deux ans que je tente d'esquiver mes sentiments accrus à ton égard.
J'ai tenté de les vaincre, de passer outre, en t'évitant, essayant vainement de me taire et de mépriser mes émotions. J'ai dû m'éloigner de toi par besoin.
Tu as certainement dû penser que j'étais décalée, autre, barrée, ingérable... pénible!
Je ne m'explique pas cet amour à sens unique, et surtout, n'attends certainement aucune réponse ni moindre retour de ta part.

Les mots sont écrits. Je ressentais le besoin de me libérer de cette charge, même sans retour."

Bonjour, c'est moi.
Je t'aime.
Adieu.
La bise!

Pourquoi demander à ce qu'il ne me réponde pas? Une protection.
Et sincèrement, je savais que je n'aurai jamais reçu de retour. Encore moins celle espérée.
J'avais suffisamment dégusté dans ma vie, et en cause, mes maudits sentiments incontrôlables.
Je ne souhaitais pas me confronter à cette pénible évidence.

Ceci, pour information, était ma déclaration (Je vais changer de radio. Promis.).

Mon histoire, c'est cela. Toutes les personnes que j'ai pensé aimé, me haïssent. Toutes les personnes que je déteste, me réprouvent.
Je suis en définitive, cet électron libre, qui tel un aimant, éloigne mes pairs, les rebute et les repousse, que leurs ondes soient négatives ou positives.
Mon regard, tel un sabre laser rouge, fustige tout individu qui tente de m'atteindre.

Si c'est cela l'Amour, autant renforcer ces barrières, car cela reste pour moi une notion incontrôlable, au-dessus de mes forces.
Si seulement j'avais une notice, que je garderais pour moi.

Dans un coffre-fort, duquel je jèterai les clefs.

"What Is Love?"

On peut s'instruire de l'amour dans des romances, des films de Noël notamment, un banal après-midi d'hiver.

Une citadine retourne chez ses parents à la campagne, dans une contrée lointaine du Wisconsin, dont la ville la plus proche est Winnipeg, au Canada (cela fait rêver, n'est-ce pas? Je vous imagine vérifier tout cela sur Maps…Déçus? Je comprends.). Cette trentenaire obnubilée par sa carrière, n'était pas revenue dans sa ville natale depuis des années. Elle avait bien trop de travail et sa carrière, c'était sa vie!
Elle tombe un beau matin enneigé, sur ce bouseux de fermier peu aimable, au "Farmer's Market" du coin.
Mais enfin… Il est beau gosse, tout de même! Il faut se l'avouer. Veuf, père d'un adolescent fulminant, il élève des cochons dans son ranch après avoir perdu sa tendre épouse dans un tragique accident de la route. Et en plus, la pauvre avait un cancer. Et en plus, Monsieur venait de perdre sa tendre mère avec qui il avait une relation fusionnelle. Et en plus…
Bon. L'heure est dramatique, en somme!
On plante le décor. Monsieur est triste, n'oubliera jamais sa défunte épouse et est très, très en colère contre tout: la vie, le destin, la maladie, les alcooliques et les médecins, surtout.

L'homme tout terreux, a le malheur de croiser cette femme, chaussée de talons aiguilles et vêtue d'un tailleur de créateur. Elle salit ses vêtements chics, en trébuchant sur le quidam, qui se trouvait au mauvais endroit, au mauvais moment.
Lui, n'est pas impressionné et ne se laisse pas abattre. Il est presque moqueur de cette situation, d'ailleurs.
Qui va au marché vêtu comme Carrie Bradshaw? Qui se fiche

de la mode, à Bayfield? Qui vient me casser les bonbons? Je voulais juste de la farine!

Et tout débute très mal entre ces deux-là.
Qui va nettoyer ce fichu tailleur? Pourquoi est-il si méchant? Il a quoi ce gamin, à me fixer, tel ce tragiquement célèbre, Ted Burgundy?

Mais enfin… Dès lors que ce type est affiché avec une chemise à carreaux aux couleurs de Noël (comme par hasard, me direz-vous), on se doute du dénouement de l'histoire. En ai-je trop dit?

Qu'on se la fasse courte. Revenons aux faits. Cette période festive est déjà passée.
Et de toute façon, sans aucun sens depuis ces dernières années, selon moi.

*

Notre histoire d'amour est-elle semblable à ce que nous ont imagé nos parents? Reproduisons-nous ce même schéma, sans intention particulière?

Je crois n'avoir jamais vu mes ascendants émettre des gestes tendres l'un envers l'autre.
Les seuls gestes que j'ai vu de mon paternel vis-vis de son épouse, débutaient par cet habituel lancer de pichet de limonade, un dimanche midi d'octobre.

C'était l'affiche du lancement de la saison de leur rupture: un pichet, le liquide qui un instant se fige au-dessus du repas, et moi, qui observe voler tout ce bordel. Médusée, mais peu surprise.

Tiens, j'avais oublié cette mauvaise série, me disais-je.
Une publicité efficace pour la contraception!

Pas de plateforme de streaming. Pas de snack, ni de sofa. Pas d'acteurs. Juste une table à manger dans un salon ordinaire, des chaises, des "proches" et un repas banal.

Le pichet de limonade dans les airs. Fin anticipée du repas. Fuite dans les escaliers.
Visionnage d'une longue scène de violence à travers la rampe, cadre télévisuel censurant des passages prohibés pour les enfants de mon âge.

Une femme, trainée par les cheveux par son mari, à travers le salon.
Des cris: d'elle, de lui, des meubles qui s'écroulent, des chaises qui se brisent, l'écho du corps de cette femme contre les murs, l'écho des coups sur son corps, et encore des hurlements: de lui, d'elle.

Et mon silence. Et moi figée. Assise sur les marches. Agrippée à cette fichue rampe. Observant la scène se clôturer devant mes yeux.

Puis, sonnant cette terrible et latente scène, la porte d'entrée qui claque et résonne dans tous les murs de la maison. Le mari quitte le foyer.
Fin de l'acte.

Et comme dans ces films de Noël, le couple se reformerait au mois de décembre (la chemise à carreaux en moins).

Chaque soirée de ce mois d'hiver où je constatais son retour, me semblait comme un échec et la fin d'une aventure personnelle.

Je croisais son regard intense et interrogateur à la fois, à mon retour de l'école.
Il était là. Déception.
Zut. Flûte. Mince. Il est revenu. Pour dix mois.
Et cela recommençait. Je le savais, mais j'oubliais. Jusqu'à ce que ce pichet s'envole à nouveau.
Jusqu'à ma quatorzième année (année charnière, je préciserai… Enfin, vous lirez.).

Ce dimanche matin d'octobre (c'est fou ce que les impôts peuvent peser sur le mental), mon géniteur décidait de nous emmener à La Villette. C'était étrange, inhabituel, soudain, inopiné et avec du recul, tout à fait inadapté. Un homme maladroit. Entre autres.
Je ne m'étais pas posée de question sur l'absence de la matriarche, ce jour-là.

J'ai compris plutôt ce soir-là, à notre retour, lorsque j'ai vu ma tante et ma cousine, qui se tenaient dans le salon, telles des amazones prêtes à attaquer.

Elles venaient de passer la journée à l'hôpital, à enchaîner les radios et contrairement à moi, étaient passées directement par la case prison, sans passer par la case départ.

Le couple s'est définitivement éteint ce jour-là. S'il avait jamais seulement existé.

Fin de l'histoire de Noël. Plus crédible. Pas plus saine. Plus tangible.

Si vous imaginiez une histoire plus féérique, vous vous êtes définitivement trompé de section.
Vous pouvez toujours échanger ce bouquin contre un film de Noël, ou miser sur les journaux intimes d'une certaine Bridget.

"T'as réussi? Tu fais médecin?"

La réussite est subjective.

On pourra dire que celui qui a fait de longues études, occupe un poste à responsabilité, s'est marié et a de beaux enfant, a réussi (sur le papier). Selon autrui, plutôt.
A moins de vivre dans l'ignorance. Et puis pourquoi pas? Vivons bien, vivons ignare!
Fin du livre. Vous pouvez rallumer votre téléviseur.

Ceux qui n'observent que de la fenêtre, une famille qui dîne ensemble à des heures précises et vit une vie bien minutée, peuvent ne faire qu'un constat de réussite.

Qui ne vous dit pas que votre épouse, dès que vous partez au travail, ne passe pas un peu trop de temps avec le facteur, le voisin, votre frère, ou votre mère?

Qui ne vous dit pas que chaque soir, le mari de votre voisine l'humilie, la sème de coups ou boit un tonneau de vin en se grattant frénétiquement les aisselles ?

Tout n'est qu'apparence, spécifiquement dans la réussite. Et subjectif.

La réussite, n'est-ce pas être heureux, tout simplement? N'avoir besoin de rien de plus?
Ou n'est-ce pas plutôt un sommeil de l'esprit, après tout? Se moquer de tout.

Et qu'est-ce qu'être heureux? Encore une subjectivité.

Je pourrais être heureuse, sans emploi, sans mari, sans enfants et me contenter de mes passions, tout en étant ravie de mon existence? Me contenter du simple nécessaire, à mes yeux.

Et les passions?
C'est un passe-temps, quelque chose que l'on apprécie, seul ou à plusieurs (Oui, pour certains, la passion est charnelle. A plusieurs, donc, c'est mieux. Tout seul, c'est possible. Je ne jugerai guère.) et dont on ne peut se passer.

En fin de compte, nous sommes seuls juge de notre réussite, ou non.

Ai-je réussi? A votre avis?

Tant que la vie suit son chemin, la réussite n'est visible qu'à votre arrivée à destination. Celle que vous seuls escomptiez.

Tant qu'on n'a pas fini de marcher sur cette route de briques jaunes, on ne connait pas encore la vérité sur ce que l'on cherche réellement.

Tout n'est que subjectif, ne visons que l'objectif. Pour commencer.

Procéder par étape.

Mon dessein, actuellement? Ne pas pourrir à quarante ans.
Vous l'aurez compris. C'est écrit en gras. Au tout début. A la première page.

Alors il ne s'agit pas de mettre de la crème hydratante, faire du yoga, boire des tisanes et aimer son prochain.
Il s'agit disons, de s'installer, faire le bilan et se poser les questions relatives à l'existence, en relation avec la possibilité d'agir en conséquences de clauses normatives et objectives, en vue de progresser dans la sphère catastrophique dans laquelle on pense se trouver et dont on voudrait s'extirper et ainsi, se rapprocher d'une plénitude concrète vers l'aboutissement d'un paradigme succinct vers un accomplissement possiblement achevé.

Ne prenez pas la peine de relire le précédent paragraphe. J'ai tout inventé.

Je n'ai pas réussi, mais je n'ai pas échoué.
Si j'ai décidé de prendre ma vie en main, c'est parce qu'il n'était pas question que je commence à me plaindre de l'état de mon existence, sans rien faire pour l'améliorer.
J'ai choisi le droit, certainement parce que je voulais ajouter une chose absente de ma vie: la justice.

La vie n'est pas juste.
Je me suis toujours demandée pourquoi j'étais arrivée sur Terre, dans ce pays, cette ville, ce cadre familial et ce corps.
Pourquoi pas quelqu'un ou quelque chose d'autre?
Pourquoi pas un chat, qui se languit sur un canapé en attendant que son humain vienne lui servir sa pâtée et son eau, et le réchauffer de son corps? Pourquoi pas un enfant au centre de l'Afrique, dans des bidonvilles? Pourquoi pas Reine d'Angleterre, tant qu'on y est?

C'est moi qui écris, après tout. Je fais ce que je veux du déroulement de ce récit, non?
Non? Bon.

On peut être bien né et mal tourner et l'inverse peut également arriver. Plus rarement, soit, mais tout est possible.
Ne pas se laisser abattre. Avancer du mieux que l'on peut, chercher des solutions et ne jamais stagner sur un échec. Le rebond est le meilleur élan pour percuter une destinée qui nous peut nous sembler écrite.

Rien de pire ne peut jamais arriver et quand bien même la vie nous offre des aléas tumultueux, nous possédons des armes pour nous redresser devant les défis.
Désarmés, on ne peut que se laisser mourir, mais cela arrive également. Ne se le cachons pas.
Je vous l'apprends? Vous verrez. C'est douloureux.

Et Junior? Où en est-il? A-t-il réussi?

J'eus entendu parler d'un homme qui, à une station essence dans la ville où il se situe désormais, a successivement et volontairement brisé les vitres de chaque voiture passant.

Je n'ai même pas pris la peine de vérifier l'identité de l'auteur de ces actes. Je connaissais déjà un type qui, pour aucune raison que ce soit, briserait les vitres des voitures, comme cela.
Quelqu'un qui se réveillerait un beau matin, en se disant:
"Tiens, je vais aller à la station essence, et détruire les biens d'autrui, parce que parce que !"

J'ai une petite idée concernant sa vision de la réussite. J'ai d'ailleurs l'intime sensation qu'il touche à son but, du bout des ses poings. La case prison.

Vous l'aurez compris, la vie, c'est comme une partie de Monopoly. On peut toujours tirer des dés qui envoient notre pion droit à la case prison. Sans passer par la case départ. Ou dans la propriété de quelqu'un. Et on en paie le prix.

"Petite chose"

Quatorze ans. Rupture familiale. Le mari s'en est allé. L'épouse a fui.

C'est ce qui s'est passé à ce moment-clef de ma vie. Nous y revoilà.

L'homme parti dans ses appartements, en banlieue parisienne avec son fils chéri. La mère, dans d'autres appartements, à Paris.

Moi, à la campagne, dans la maison familiale, que je quitterai dès mon premier voyage, à l'aube de ma première vingtaine d'années.

Mes ascendants m'avaient prédits qu'après mes sept ans, j'étais éduquée et qu'il n'y avait plus lieu de m'élever.
A peine sept ans plus tard, je me retrouvais donc seule dans cette maison où j'avais évolué, à ma manière.

Mon père passait de temps en temps, vérifier s'il y avait suffisamment de vivres dans le réfrigérateur, et certainement afin de tâter mon pouls, que ne sais-je, après tout. Si seulement j'avais la science infuse…

Ma mère, quant à elle, laissait quelques billets de temps en temps, pour que je fasse les courses, ou faisait un passage furtif, dans le but de récupérer des vêtements.
Parfois, je l'apercevais, le plus souvent, non.

Pauvre petite chose, pensez-vous!
Absolument pas. Avoir quatorze ans, une maison, une liberté et une autonomie, c'était un cadeau béni!

> Libérée, délivrée, je ne me tairai plus jamais.
> Libérée, délivrée, c'est décidé, je me hais.

J'aurais pu abuser de la situation, faire la fête, créer une entreprise de proxénétisme, un réseau de trafic d'enfants, mais jamais ne me vinrent de telles idées (aujourd'hui, en revanche… Ce sont des secteurs qui roulent, non? Porteur, même, dirait-on!).

Je me rendais tous les jours au collège, rentrais faire mes devoirs, faisais les courses, si nécessaire et vivais en parfaite harmonie avec moi-même.
Je ne manquais à l'époque, de rien. Une vraie petite adulte modèle!
Mes parents auraient pu être fiers, si seulement j'en avais jamais eu.

En somme, délivrée de ce cadre vicié, je vivais une vie des plus apaisées.
Si une quelconque personne avait découvert mon indépendance prématurée? Chacun ses problèmes, à la campagne. Ou peut-être, mes voisins avaient-ils trouvé ce changement bénéfique, après tout.

Dans tous les cas, il y a bien des situations où il vaudrait mieux garder le silence, notamment, quand cela touche des problèmes qui ne nous concernent pas.
Ne pas se mouiller. Ne pas fricoter avec les problèmes des autres. On se cache les yeux, on se couvre les oreilles et on file bon train sur notre bout de trottoir, de gros écouteurs sur les oreilles.

*

L'année précédent cet éclatement familial, j'avais certainement dépassé les limites, sauf qu'a contrario de certains, que je n'ai nul besoin de mentionner à présent, il était possible de me reprocher mes erreurs, et me sanctionner lourdement en cas de déviance.

Ce paternel en herbe, un soir, me l'avait physiquement signifié. J'étais dans ma chambre et Dieu sait que je ne portais pas cet être dans mon coeur (c.f. chapitre précédent).

Je ne sais pour quelle raison obscure, ce soir-là, sont sortis de ma bouche ces quatre charmants mots, qui vont très bien ensemble :
"Vas te faire foutre".
Je me demande encore la raison qui a fait jaillir ces dires de ma part, mais allons. Quelque chose a dû me chatouiller, en plein coeur.

J'étais en colère, je n'avais aucune conscience des conséquences qu'une insulte pouvait causer à un homme de Cro-Magnon.
J'ai rapidement compris.

L'alpha, qui retournait à ce moment dans ses quartiers, eut écho de mes dires divins et subliminaux.

Tel un lion sur une proie meurtrie, il m'asséna d'une puissante gifle qui a ricoché maladroitement sur mon oreille (je vous avais déjà mentionné la maladresse de cette personne…).

Vrombissement dans mon oreille. Aurais-je perdu l'audition?

Comme à la suite des gifles successives encaissées régulièrement dans la voiture, je me suis tut.
Je me suis tenue là, tel un poteau inébranlable, et ai fait mine de ne pas souffrir. J'ai regardé l'ennemi droit dans les yeux, l'omega en face de moi, qui lui, m'est apparu tout à fait fier de son geste. Droit comme un piquet, puis interloqué.

Il fallait pour lui, que je souffre, que je comprenne qu'une baffe, fait mal et aurait dû me faire réagir autrement que par un regard défiant, à son égard.
Que je pleure, que je crie, que je me roule par terre, voire m'excuse de mes dires. Que je le supplie d'arrêter.

De là, je reçus en plein visage, la porte de mon armoire à côté de laquelle je me tenais, puis un coup de poing élancé dans l'abdomen, qui me fit chuter au sol.
Du sol, je recevais plusieurs coups de pied dans le ventre, rythmés toujours, par mon silence et mon coeur qui battait de plus en plus vite.
Mon souffle, pendant ces soufflets, s'était arrêté un court et douloureux moment.

Non. Je ne te montrerai jamais que j'ai mal. Tu ne m'atteins pas.

Des coups ne m'atteignent pas.
Mon coeur seul, peut me blesser.
Pas des poings. Pas une porte d'armoire. Pas des pieds.
Des mots me heurtent. Des dires blessent. La confrontation à une vérité certaine me touche en plein coeur.
Mais pas des coups.

Le lendemain, je retournais au collège, marquée par des hématomes au visage. Encore. Sauf que je n'étais pas partie aux

urgences, cette fois.
Et il ne fallait encore et toujours, rien dire.

Tout était comme scellé dans une normalité contaminée par mon entourage, mon environnement.

Personne, pas un professeur, n'a dit mot sur l'état de mon visage.
Je ne me suis entretenue avec aucun des adultes que j'avais croisés, ce jour-là.

Seule une amie, s'est heurtée à cet évènement.
Je lui ai confié ce secret. Cet homme violent. Sans aucune réflexion. Seulement armé de ses poings. De cette colère qui le nourrissait. Des coups portés à son épouse, une bonne fois par an.
De la violence, parmi laquelle, je tentais tant bien que mal, de respirer.

Donc, effectivement. Personne ne dénonce. Personne ne pose de questions. Personne ne se mouille. Personne ne bouscule son train de vie plus ou moins confortable.
Restons au sec. Au chaud, confortablement assis sur nos problèmes, à nous.
Les autres, qu'ils se débrouillent. C'est leurs soucis, après tout.

Ai-je pardonné ce qui s'est passé, cette nuit-là?
Je ne me suis même pas posée la question, à vrai dire. Quelle idée!

Le lendemain matin, je me rappelle qu'il m'avait nonchalamment lancé: "Bon. On oublie?".

Non. On n'oublie pas. On serre les poings et on frappe dans le vide.

Si les choses étaient si simples, je serais Présidente, aujourd'hui. De quoi? Je ne sais pas, mais au moins cela. Docteure Présidente, même!

Je n'ai pas oublié. Je me souviens de tout. Absolument tout.
Aussi, ce qu'il me restait dans mon portefeuille le 22 mai 1992: un billet de vingt francs, et cinquante-trois centimes dans un portefeuille violet.
Je vous sentais curieux de savoir.
Mon honnêteté m'importe, vis-à-vis de vous.

"L'herbe bleue"

Le lycée.
Les choses se sont embrouillées, dans mon esprit. C'est à cette époque, que j'ai commencé à subir mes plus larges épisodes d'abattement personnel.

Je pris conscience que rien n'irait plus sereinement. Que j'étais bien trop différente. Que j'avais déjà vécu des choses, que personne ne connaitra jamais. Et dont on ne voulait pas entendre parler.

Toute mon enfance s'est finalement dispersée paisiblement, tout autour de moi, et s'est répandue gravement dans tout mon être, telles des cendres qui s'envolent et tombent sur nos vêtements blancs, les tâchant de noir et nos vêtements noirs les tâchant de blanc.
Inévitable cendre céleste. Qu'importe ce qu'elle visait, elle laisserait des marques.

Toutes ces pensées que j'avais accumulées dans un coin de ma tête, ont fini par brutalement m'exploser à la figure.
Cette vieille valise poussiéreuse dans un recoin secret, s'est ouverte, comme si elle était trop pleine ou trop ancienne. Que ne sais-je?

Le soir, j'écrivais des lignes qui selon moi m'étaient thérapeutiques, relatant tout ce qui me traversait l'esprit.
Et pour dire la vérité, n'importe quelle personne qui serait tombée sur ces nombreuses pages, m'aurait envoyée droit chez un thérapeute. Ou un asile.

J'avais besoin d'écrire. Me confier à des pages blanches et les remplir de toutes les pensées qui me venaient à l'esprit. N'importe lesquelles.

Me relire m'effrayait.
D'où jaillissaient ces réflexions si sombres? Ces écrits, noirs comme la mort.
Il me fallait un remède plus fort pour oublier. Aller mieux. Orienter mon esprit vers la sérénité.

Et j'ai commencé à consommer: un joint de temps en temps avec les copains, puis deux, trois et enfin, seule: un, deux, six par jour. Constamment, je fumais. Dès mon réveil. Comme un gros fumeur de cigarettes. Je n'avais plus que cela dans le sang. Dans ma tête, constamment censurée.

Les matins, je me rendais bien au lycée. Je n'y entrais simplement plus.

A quoi bon s'éduquer?
Personne dans ma famille, n'allait plus à l'école.
Personne, pour suivre mes faits et gestes.
Personne pour me motiver, sauf moi qui n'avais plus envie de rien. Plus envie de rien d'autre que de fumer.
Fumer pour oublier le mal. Fumer pour m'évader encore plus loin que mon simple imaginaire, qui ne suffisait plus à m'extirper de mes torpeurs.

J'ai quitté rapidement le lycée, ai commencé à travailler en tant que caissière, mais il fallait se rendre à l'évidence. Je n'allais pas scanner des produits toute la sainte journée, et bip, bip, bip, comme un holter et bip bip bip, une dernière respiration, puis un long bip, avant la mort certaine.

Je comptais les clients pour m'occuper, les heures, les demie-heures, les quart-d'heure et bon Dieu, que c'était ennuyeux: "Bonjour, …, Merci, au revoir et bonne journée".
Client suivant et 178 autres suivaient tous les jours.
Le bagne.
La mort cérébral dans une vie mécanique.

Cette année-là, j'ai donc passé mon bac par correspondance, en poursuivant ma carrière de compteuse de quarts d'heure.

J'ai à la suite, commencé des études, puis un beau jour, ne trouvant pas de stage en entreprise, je suis tout simplement partie une année en Australie.

Radical?
Efficace.
Je ne me voyais pas attendre quoi que ce soit, de qui que ce soit.
J'avais en tête depuis toujours que dans la vie, on ne doit compter sur personne. Ne dépendre que de soi.
Espérer, c'est finir par être déçu et je ne souhaitais dépendre de déception, que des mes actes.

Compter sur les autres? Qui sont-ils, mis à part des inconnus.
Ces âmes errantes que je ne voulais pas connaître.

Les voyages forment la jeunesse. Mon départ de longue durée me libéra de toute dépendance anonyme.
La fuite pour me relancer. Encore une.
La fuite pour respirer. Voir autre chose. Vivre autre chose. Vivre, tout court.

Je me lasse des choses, je me lasse de la vie, je me lasse de n'importe quelle routine. J'étais déjà lassée des gens.

Un sac sur le dos, je partais pour une année de cueillette de raisins, de pommes et de tri frénétique de kiwis, dans une usine au milieu de la région du Victoria.

Deux années plus tard, je repartais une année en Nouvelle-Zélande.

Deux ans plus tard, je m'enfermerai dans une autre dépendance. Je ne m'étendrai plus sur celle-ci.

Plus jamais après ces étapes distinctes, n'ai-je été hantée par ces rappels troubles du passé. Tout irait mieux. Enfin.

Et maintenant?

Difficile de s'émanciper d'un semblant même, d'intelligence.
Tout autour de nous, des êtres pensants, ou qui croient penser parfaitement.
Et de les accepter. Si nombreux.
Bien plus difficile à supporter, qu'un long discours lourd de sens.

Il n'est plus question de se fondre dans cette masse humaine. Il n'est plus question de faire semblant.

Pas question de se laisser abattre. Il faut faire de sa vie une nouvelle mémorable (peut-être pas celle-ci, mais allons dans ce sens, si possible).

J'ai connu des personnes d'une toxicité sans pareil, tout au long du parcours de ma vie.
Désormais, je les évite comme la peste, moins que la Covid.
Si je dois avancer, ce sera seule ou très bien accompagnée.
J'entrais dans une ère élitiste, ne m'infligerait plus de contacts vérolés à "l'idiocratie".

Plus de temps à perdre, dans ces situations où il y a tant à dire et finalement, si peu.
Comme avait mentionné Audiard: "j'parle pas aux cons, ça les instruit".

Il est essentiel et libérateur, que de se passer de ces personnages nuisibles.
Il suffit de les regarder longuement dans les yeux, n'absolument

rien dire et tourner les talons. En silence.
Vous essaierez. Ils n'insistent jamais.

Donner du sens à sa vie. On s'est tous dit cette phrase à un moment donné ou un autre. L'a-t-on seulement appliquée? Ou était-ce justement par peur de l'ennui? Par peur, voire, de l'échec.

L'ennui est utile. Important. C'est le temps qui nous menace, c'est la peur du présent. La peur de ce qu'on se représente, de soi-même. De nos pires défauts.

Nouvelle étape charnière de ma vie: l'ennui.

Mais continuez donc à lire, ce ne sera pas le cas, concernant les pages qui suivront.

L'ennui, antidote pour un futur plus toujours beau.

Le but de cet ouvrage, c'est de ne pas pourrir. A quarante ans. Vous l'aurez compris. Je me répète, encore. Décidément!

J'ai un peu de temps, devant moi. La moitié d'une vie, parait-il. L'autre moitié durant laquelle, notre corps pourrit.

Et lorsque quelque chose pourrit, on s'en occupe: on sèche les sanglots, on arrose le quotidien de petites gouttes de rien, on profite du soleil pour se rappeler sûrement, des journées qui passent, nous dépassent parfois, et gobons ces vitamines pour redonner des couleurs au teint terni par le temps qui passe et nous abîme, parfois.

Comment mettre à profit cette période à venir?

Ecrivons de nouvelles étapes.
Si je devais disparaitre d'ici quelques mois, qu'aurais-je désiré entreprendre?

J'ai alors listé ce que je ferai avant de pourrir. Et elle n'est pas des moindres.

- Trouver l'amour de ma vie.

- Fonder une famille.

- Construire une maison à main nue (Hum… quand j'écris construire, je veux dire décorer, monter des meubles en kit, ou donner un petit coup de vis, par-ci-par là. Des petits rien sans prétention).

- Ecrire un livre (en cours).

- Travailler dans l'humanitaire et défendre les droits de l'Homme.

- Etre heureuse.

- S'aimer.

On est bien loin de la liste lambda, avec en tête: du skydiving, devenir riche, tout claquer à Las Vegas, s'envoyer en l'air sur chaque continent.

Tout cela est déjà fait, voyons.
D'ailleurs, il s'agit d'un tout autre livre.
A méditer, pour une suite éventuelle.
Mais, je ne suis pas une catin, vous savez!

Voici donc la deuxième partie de mon histoire. Le vent tourne, au rythme des tempêtes, des cyclones, des tremblements de terre et des tsunamis d'une vie.

Tels des villes détruites, nous re-bâtissons et construisons des abris, plus robustes encore; vestiges de ce que la vie nous a servi.

"Escape"

Me voici, propriétaire d'une maison au Canada, en Colombie britannique, plus exactement.
Je tourne la page française de ma vie, visa permanent sur mon nouveau passeport.

De ma terrasse, j'observe la plage en contrebas. Ma plage. Rien qu'à moi.
Au loin, les côtes américaines, visibles lorsque le ciel le permet, au gré du Ciel.

Aujourd'hui, l'infini dégradé de bleus de la mer est bordé de ces frontières, dont j'imagine les paysages de l'ouest américain, au loin.

Je sirote un café et songe au présent.
Je contemple ce paysage, écoute le vent caresser les arbres tout autour de la propriété et les vagues qui s'achèvent à mes pieds.
Pas un seul voisin à proximité. Une éclosion divine.

Les demeures alentours sont séparées les unes des autres de quelques centaines de mètres, toutes vêtues de ces sapins à profusion qui nous enveloppent et nous protègent de la vue d'une maison, d'une musique d'un voisin un peu trop agité, m'offrant une intimité et une plénitude sans pareil.

Je décide de partir marcher sur le sable, et longer la mer, paisiblement.
Le grand air américain; terre où tout est possible.

J'ai toujours rêvé de vivre ici. Seule, entourée de la nature. Libre, avec ce que la vie peut désormais m'offrir et les fruits que je peux y cueillir, à ma guise, au gré des saisons et de ce que mère Nature nous propose, à son rayon "promotions".

Le temps est frais, parfait pour l'esprit.
Ce jour-là, je marcherai quelques heures, jusqu'à ce que le soleil décide de se reposer.
Pas moi. Je respire. Enfin. Profondément.
Je ferme les yeux et écoute le silence de la nature tout autour.
Que rêver de mieux que de ce moment?
Quelle meilleure place que ce rocher face à l'océan dans cet acte de ma nouvelle pièce?

Fin de la tragédie. Place à la comédie.

Demain, je personnaliserai ma nouvelle demeure.

"Déco"

Quelle idée, que de vouloir se bâtir une bibliothèque sur mesure. C'est le chantier du jour, dans cette grande pièce centrale: construire une bibliothèque pour combler les murs blancs de ce séjour perché, éclairé d'immenses baies vitrées donnant sur le spectacle dessiné par la forêt au dehors, et les remplir d'histoires en tout genre.

J'ai passé mes trois dernier jours à poncer le parquet, l'ai peint d'un vernis tirant légèrement vers le blanc.
Je trouvais que c'était plus lumineux que cette couleur foncée qui me provoquait, sous mes pas, dès mon réveil.

On sonne au portail. Un homme se tient dans l'allée, devant un camion. Livraison de bois.
Que la fête commence!

- Bonjour, Madame. Vous semblez démarrer une entreprise d'envergure! Que comptez-vous faire, avec tout ce bois?

(Madame... Soupir...)

- Bonjour, j'ai l'intention de créer une bibliothèque. J'ai des milliers de livres à exposer.

- Ah! Une lectrice qui bricole ! Votre mari va vous aider, tout de même?!

- Pas de mari, non. Je m'en chargerai!

Les hommes… toujours ces questions directement indirectes!
Et on dit que les femmes sont curieuses. Et bavardes.
Pas moi. Je veux qu'il me laisse le bois et s'en aille. J'ai du boulot.
Et c'était le cas de le dire.

Sam, le livreur, offre de me débarrasser du matériau,
directement dans la pièce dédiée. Encore un truc d'hommes,
mais cela m'arrange. Il ne faut pas se leurrer. J'aime bricoler
mais tous les "à côtés" me débectent.
Et puis, c'est tout de même plus pratique et moins physique.

Je propose un café à Sam, mais il refuse. Il a d'autres livraisons à
effectuer, mais il m'assure qu'il repassera. Il a hâte de voir le
résultat.
Moi aussi.

En deux journées, j'avais scié, fraisé, collé et monté la totalité de
ma bibliothèque, tout autour d'une cheminée que j'avais laissé
telle quelle: noire, ornée de briques grises. Elle avait son charme,
en quelque sorte.
Un jour, me lassera-t-elle.
Un large tapis coloré au sol, une longue table basse, un canapé
au beau milieu, et des fauteuils aux extrémités du salon. Rien de
plus efficace.

Je m'étais procurée des plaids et coussins colorés afin de
réchauffer cette pièce, et lui donner un peu de caractère: du bleu
foncé, rouge, orange, un peu de jaune, et une touche de beige.
Un petit chalet d'hiver éternel.

On sonne au portail. Décidément.
Sam. Il vient prendre un café. Parfait timing!

- Alors, ces travaux?

- Terminés, tout juste à l'instant! Je vous montre?

Sam était éberlué.

"En deux jours? Bravo! Magnifique! J'adore! Quel changement! Quel joli cocon! Je suis épaté! Et tout ça, toute seule? Encore bravo!"

(Tant d'exclamations…)

"Merci… Tout ne fait que débuter. Je suis loin d'en avoir fini avec cette maison. Et tant mieux!
On prend le café sur la terrasse?"

Sam est resté une poignée d'heures à échanger avec moi. Il m'a expliqué que ma maison n'avait pas trouvé acquéreur durant deux ans, environ.
Le couple qui y habitait s'était séparé après le départ de leurs enfants.

"Cela arrive bien souvent", me disait Sam. "Les gens se trouvent, se marient, ont des enfants, puis réalisent une fois à deux qu'ils sont comme deux vieux cons, qui ne s'aiment plus et refusent de poursuivre ensemble. Un nouveau départ s'imposait. C'était un couple charmant".

(Tiens. Cela me rappelle quelque chose. Ou quelqu'un, j'ai oublié. Cela n'a pas la moindre importance.)

"On a tous droit à une seconde chance, même à la retraite!", lança-t-il.

"Parfois plus d'une, même", évoquai-je. "Et puis la retraite, ça sert à ça, non? Profiter de notre existence, après une vie de labeur?"

Sam repartit comme il était arrivé.
Un petit homme, chapeau sur la tête et chemise à carreaux, s'en alla nonchalamment rejoindre son pick-up.
Il devait, m'a-t-il dit, aider sa femme avec le bébé.

Eh non.
Malgré la chemise à carreaux, Sam ne sera pas l'homme de ma vie, mais "spoiler alert"; il participera à l'arrivée d'un être aimé.
Etonnant, ce qu'un "simple" meuble peut apporter dans une vie, telles les fondations d'une maison en construction.

"Sunday morning"

Un doux matin de printemps. Je bois mon café, face à la mer, un livre sous les yeux.
Un message apparait sur mon téléphone:

"Bonjour, c'est Sam. Je me suis permis de récupérer ton numéro de téléphone, dans nos fichiers.
On organise un déjeuner aujourd'hui, si cela t'intéresse. Rejoins-nous et apporte ce que tu veux ! On n'est pas difficile, ici!"

Merveilleuse idée!

Sam habitait à une dizaine de kilomètres de là. Il vivait dans un chalet modeste, avec son épouse, Beth, et bébé Joey.
Joey était un bambin à la tête toute ronde, un sourire charmeur dessiné sur son visage d'ange.
Petit blondinet, il avait les yeux de Sam: deux billes vertes, un soupçon espiègles.
On se doutait qu'il allait colorer le quotidien de ses parents, ce tout petit bonhomme!

Tous les dimanches, visiblement, les habitants du coin invitaient successivement les voisins alentours. Un moyen pour eux, de veiller aux bonnes ententes de voisinage. On était environ une toute petite dizaine, de tout âge.

Nouvelle venue, je fus l'attraction du jour; un cabinet de curiosités ambulant (Situation détestable.).
Position que je conserverai jusqu'à mon départ, pourtant loin

d'être imminent.
N'allons pas trop vite en besogne.

"D'où viens-tu? Pourquoi ici? Tu fais quoi, dans la vie? Tu vis seule? Ça te plait, ici? Tu ne t'ennuies pas trop? Tu aimes les frites?"

"Non, non, je ne m'ennuie pas. J'apprécie l'endroit. Tout va bien.
Merci. Merci. Merci."

Sourire figé sur mon visage, un brin coincée. Un tant soi peu timide. A consommer avec stupéfaction, surtout de la part des mes hôtes.

 Vous avez dû chacun, connaitre ce moment où vous êtes le petit nouveau: dans cette nouvelle école, cette équipe de rugby, cette entreprise, ou ici, dans ce chalet rempli de têtes curieuses dirigées vers votre âme, à vous fusiller de questions intimes.

Nous avons dégusté du poisson, accompagné de pommes de terre et en dessert, un pudding cuisiné par Pam.
Pam, cette femme d'une cinquantaine d'années, mariée à Tony, cet homme d'une soixantaine d'années, au ventre bien rebondi, visiblement bien nourri et bon vivant.
Il a passé l'après-midi à enchainer les bières et à blaguer de tout, rire sur tout, de tout, tout le temps.

Tony avait son garage non loin de là.

"Je te ferai un prix, si tu as des soucis avec ta voiture!"
(Il le fallait. Ou même un abonnement mensuel. Une carte de

fidélité. Moi. Boulet du volant. Et du rétroviseur. Bref. Ces propos sont suffisamment clairs. Je ne m'étalerai plus jamais sur ce point.)

Et puis, il y avait les Thomson: lui était maçon, elle, secrétaire au garage de Tony.
Phil était un grand homme blond, à peine plus petit qu'une porte, il portait une longue barbe tirant vers le roux, masquant ses lèvres fines, la quarantaine, peut-être plus.
Meg était une petite femme svelte, les yeux clairs, brune, autour de la quarantaine, également.
Ils avaient un garçon de douze ans, plutôt réservé mais pas moins aimable pour autant.
Tom, petit rêveur, calme, respirait l'intelligence. Il écoutait sagement les conversations de ses pairs et ne lançait aucun mot de travers.
Bien élevé, il restait à sa place, spectateur de tous ces sujets qu'il ne maitrisait pas en totalité, et parvenait à se fondre dans le décor.

Ensuite, ce jeune homme, la trentaine. Il travaillait dans la bourse.
Il vivait seul, dans un minuscule chalet, juste en face de chez moi.
Il m'avait vu emménager, mais n'avait pas encore pris le temps de venir se présenter.

Il dénotait avec toute cette petite tribu: vêtu de sombre, de belles chaussures en cuir, un pantalon cintré et rasé de prêt. Gary.

Mystérieux, peu bavard, mais gentil comme tout. Il venait de Vancouver et voulait quitter les tumultes de la ville.
Il se sentait bien dans cette maison, où il a emménagé l'année

précédente. Je n'ai échangé qu'une poignée de phrases, avec lui, ce jour-là.

Enfin, Lucy, la trentaine, célibataire.
Artiste plasticienne, elle passait ses journées à dessiner, peindre et créer. Extravertie, elle était drôle et intéressante. Une pépite!
J'ai d'office pris à bras ouverts, l'amitié offerte par ce personnage original.
Pleine de vie, elle assaisonnera la mienne de sa présence et son amitié.

18 heures. Il était temps de m'éclipser. Je remerciai tout le monde de leur accueil, puis rejoignis ma paisible demeure.

Ravie de ces rencontres diverses, je m'endormirai devant la cheminée, sur mon canapé bien trop moelleux pour n'y poser qu'un matricule et simplement y lire.

"Sur le port de Vancouver…"

Trois heures du matin. Le téléphone me réveille (il faut que je modifie cette sonnerie de film hanté. Je vis au milieu de la forêt, désormais. Je fais peur au silence, avec cette musique!).

Le visage encore dans un coussin, je décroche.

"Cam! C'est Lucy! Je te réveille! (ce n'était pas une question.) Il faut absolument que tu m'accompagnes à mon vernissage, aujourd'hui! Allez! J'arrive dans quinze minutes! On prend la route pour Vancouver!"

Je lève difficilement la tête et ne peut m'empêcher de constater la noirceur de la nuit, de l'autre côté de la baie vitrée.
Pas certaine que j'allais me lier d'amitié avec celle-là, finalement…

Je prends rapidement une douche, m'habille chaudement et me prépare un café, que j'emporterai dans un Thermos.

Coups de Klaxon, dehors.
Lucy, extravertie, disais-je? Complètement timbrée, oui!

"Je savais que je pouvais compter sur toi!"

Avais-je le choix? J'étais sur son chemin, elle se serait certainement arrêtée en route et m'aurait probablement sortie de mon canapé, à l'amiable ou de force.

Bien réveillée, Lucy écoutait du AC/DC suffisamment fort pour réveiller ce pauvre Gary, petit chanceux qui dormait sûrement à point fermé, de l'autre côté de la route.

Lucy avait étudié la psychologie.
Elle a trouvé ses études intéressantes, mais n'a jamais souhaité en faire son métier. C'était, selon ses dires, pour faire plaisir à son père.

Son doctorat en poche, elle avait en parallèle, créé son réseau de galeristes, artistes en tous genres et le plus souvent, d'anciennes conquêtes plus ou moins éphémères. Que disais-je? Plus ou moins?
Elle n'était pas de celles qui visait une vie stable, familiale, et chronométrée.
Elle était aussi libre que le vent, voire menait la météo à la baguette, au fouet même, si urgence y avait-il.

Quatre heures de routes plus tard, nous arrivâmes dans la ville encore endormie de Vancouver.
Les premiers travailleurs marchaient vers le chemin du bureau.

Lucy connaissait un petit café non loin du port.
Elle paraissait connaitre tout le monde, sur place. C'était déroutant et un tantinet fatigant, spécifiquement au regard de l'horaire affiché sur l'horloge au-dessus de sa tête.

- Pourquoi si tôt, Lucy?

- Il faut qu'on déballe toutes mes pièces et qu'on installe tout cela dans la galerie.

- En onze heures?

- En dix heures.

On arriva à la galerie vers 8 heures: une toute petite salle, dans une ruelle décalée des grands axes.

C'est en déballant les oeuvres de Lucy que je découvris son monde: des sculptures, dessins, photos, tout cela à échelle disproportionnée de toute réalité.

Une sculpture avec la tête d'une asiatique, visiblement, et un petit corps costaud de joueur de football américain, faisant office de trépied.
Un exemple, parmi bien d'autres.
Un univers hétéroclite, mais toujours ce thème, en boucle: différentes nationalités, ethnies, cultures, tout cela passé au mixeur pour créer le monde de Lucy (Cela ferait un joli titre de dessin animé): une sorte de soupe chinoise re-visitée, façon Dali.

Lucy, était une petite brune, des cheveux bouclées, quelques dreadlocks éparpillées ici et là.
Ce jour-là, elle portait des vêtements kaki de type militaire, un foulard multicolore provenant certainement d'un de ses multiples voyages, et avait chaussée des souliers bien trop confortables pour être élégants.

Lucy n'avait aucun ennemi. Tout le monde adorait Lucy et elle le rendait bien à quiconque croisait son chemin de vie.
Un rayon de soleil parmi les ombres de sa vie.

Le midi, nous avons pris un snack, assises le long du port, à discuter de nos conquêtes. Je me suis limitée à celles de l'année

précédente.
Il s'agit d'une nouvelle, enfin, pas d'un dictionnaire !

Étonnamment, elle, ne m'a parlé que d'un homme, spécifiquement.
Elle avait grandi avec lui et puis un beau jour, ils ont passé le cap du stade ami.
Ils ont sont restés cinq années ensemble, puis il est parti vers d'autres aventures.
Enfin. Surtout une. Pendant leur relation. Qui y a mis fin. On connaît l'histoire.

Elle l'avait croisé, bien plus tard, une femme sous son bras, et vivant visiblement, une romance parfaite.
Elle me disait l'aimer encore, mais que c'était compliqué.

Il ne voulait pas s'engager et trouvait Lucy un peu difficile à suivre.
Lui, voulait visiblement de la stabilité, sans engagement.
Et c'est Lucy qui était tordue…

De mon côté, j'ai évoqué les hommes que j'avais successivement rencontrés, mais qui pour certains, ne souhaitaient que des relations éphémères, et un autre, par exemple, bien trop envahissant, et, pas à mon goût, évoquais-je: un homme divorcé, chauve, la quarantaine, qui avait à charge deux enfants en bas âge.
Non merci. Vieillissante mais pas à sauter sur le premier venu.
Un engagement oui, mais avec mes propres responsabilités.
Et puis, chaque chose en son temps. Vous comprenez ! Non?
Bon.

Bref. Nous étions là, assises, à regarder les bateaux passer, telles nos conquêtes: qui s'amarraient ou repartaient on ne sait où, ni combien de temps.

*

Après le déjeuner, nous retournions à la galerie.
Tout paraissait bien installé et Lucy décida de se rouler un joint, à l'arrière. Elle fumait de temps en temps, juste pour "le fun". Elle m'a proposé de tirer une latte.
Ma foi, pourquoi pas?
Si Lucy était à l'aise en public, ce n'était pas mon cas. Une pause détente avant la horde de curieux qui allaient se succéder ce soir-là n'était pas négligeable, pour un cas comme le mien.

18 heures. Tout est prêt. Je suis déjà exténuée de cette journée.

On exhibe la première bouteille de champagne et le bouchon qui saute, fut le signal de lancement de ce bal, où toute cette bande de spectateurs admiratifs se succéderaient le long des murs.

Lucy était dans son élément. Elle allait voir tout le monde.
Chaque individu qui s'arrêtait devant une oeuvre.
Chacun recevait un discours personnalisé de sa part.
Et chacun y réagirait à sa manière: en riant, s'esclaffant, ou s'attristant, suffisamment pour ne pas s'effondrer.

Je me tenais dans un coin, observant tout ce monde se balader dans cette toute petite salle, une coupe à la main, l'air distingué et les pensées tourbillonnantes.
J'errais finalement dans la galerie, admirais les tableaux, les sculptures, les gens encore, presque autant que les oeuvres.

Silencieuse. Un sourire esquissé de temps en temps.
Je ne suis pas antipathique, vous savez.

23 heures. Fin du vernissage.
Lucy a déjà vendu une sculpture, un tableau et trois photos.
Belle lancée!

*

On reprit la route, le soir-même. J'invitais Lucy à prendre un verre, à la maison.
En entrant, elle regardait partout. Absolument partout.

- Tiens, tu joues de la guitare? Tu chantes? Tu écoutes quoi, comme musique? Tu as insta?

- Je gratte un peu, mais je ne suis pas professionnelle. Et oui, j'ai insta: tiens. Donne-moi ton téléphone, que je me retrouve.

- Oh, mais tu as plein de vidéos!

Et Lucy de m'écouter jouer et oui… chanter. (En quelque sorte.)

- Tu te débrouilles bien! J'aime bien quand tu chantes!

Je souriais en silence, balayant doucement le sol du regard.
C'était plus que gênant.

Cette nuit-là, nous avons discuté de tout et surtout de rien, en particulier. On s'entendait à merveille et il était bon de pouvoir parler sans filtre, sans être jugée, et sans juger.

Je me suis absentée chercher de quoi éponger les bouteilles de vin que nous avons joyeusement faites disparaitre.

A mon retour, Lucy avait la tête dans mon carnet à dessins. Elle feuilletait les pages avec intérêt, sans ne dire mot. Je ne m'étonnais pas de cette situation, presque burlesque.

- Dis-donc, tu as un sacré coup de crayon!

- Oh, non. Je gribouille ici et là.

- Un manque de confiance en toi? Tu ne joues pas de guitare, tu ne chantes pas, tu ne dessines pas…Un peu exigeante aussi, non?

- Non. Un simple constat.

- Bon écoute, il faut que j'y aille. On rediscutera de tout cela, mais j'ai passé une super journée. Merci pour ton aide, aujourd'hui! On se revoit bientôt!

Lucy passera effectivement me voir tous les jours.
Pour un café, un verre de vin, ou simplement discuter.

Elle était devenue, comme cela, ma meilleure amie, mon amie des bois. En à peine vingt-quatre heures de temps.

"Gym Tonic"

Un samedi matin.

Gary sonne à la porte.

- Salut, je voulais savoir si tu pouvais me prêter une visseuse électrique, par hasard?
Et aussi, te donner un petit cadeau de bienvenue, un peu tardivement, je le conçois, mais le voici.

Un bonsaï. Ce pauvre petit bonhomme ne passera jamais l'hiver, avec moi (Un **PPH**, comme on appelle certains cas, dans les maisons de retraite.).

- Merci! Oui, j'ai bien ce qu'il te faut. Tu vas bricoler?

- Oh, un tout petit peu. J'ai commandé un lit. Il faut que je le monte.
Au fait, mon boss m'a prêté son bateau pour la journée. Ça t'intéresserait d'aller faire un tour? On part pêcher en mer, avec un ami. On a de la place pour toi, si tu veux.

- Ma foi, oui. J'adore la pêche!

- Super! On part en début d'après-midi. Je te récupère à ce moment-là?

- Parfait! A tout à l'heure!

14 heures. Départ en mer. Gary me présente rapidement Mike, un entrepreneur.
En anglais (contractor) ou en français, ce terme n'a aucun sens.
Je contracte, j'entreprends...
Je "gestionne", tu "gestionnes" et nous gesticulons tous ensemble dans nos domaines, en somme! Et surtout, on s'amuse et on règle nos factures!
Ou quelque chose dans le genre...

Mike chargea le bateau de packs de bières, Gary de cannes à pêche et d'un bac de congélation.

La météo était propice pour passer une journée idéale sur l'océan : une brise juste assez fraiche, un ciel éclairé, pas une goutte de pluie à l'horizon.
Sur ce bateau, nous nous trouvions tous les trois au milieu des flots, à siffloter des bouteilles de bière, à discuter de la pluie et du beau temps.

- Cam, tu veux tenter ta chance, me lança Gary.

- Soyons fous!

Mike et Gary se jetèrent un regard approbateur, m'observant, amusés, envoyer ma canne au loin.

A peine quelques secondes d'attente, et voilà que j'avais déjà une touche. Gary savait définitivement ce qu'il faisait.

Mince. Ce poisson était costaud. Il va se mériter, celui-là.
Je n'ai pas dit mon dernier mot. Tu veux lutter? Vas-y ce soir, tu seras dans mon assiette, quoi qu'il en coûte! Mort ou vif (Pardon, pour tout cet excès de violence.)!

Pendant de longues minutes: je tirais, laissais repartir le combattant, tirais à nouveau, en équilibre, maintenue par ce fil de nylon, qui résistait à ma cinquantaine de kilos et à la force monstrueuse de ce poisson, qui me narguait certainement: "Attrape-moi! Niah, niah, niah! Je suis plus rapide! Et plus fort!"

Il a dû bien se marrer, celui-là (le temps que je le chope).

Mike et Gary m'encourageaient et me guidaient dans mon affaire : laisse-le repartir, un peu. Bloque. Tire. Lâche du leste. Bloque. Tire.

Bon, ça va, Véronique et Davina!

Enfin, une tête jaillit furtivement de l'eau. Mike prit le relais pour déloger l'animal de son confortable domicile.

Un magnifique saumon!
Je le tenais par les opercules, son poids me coupant la circulation de mes deux doigts.

 "Mais prenez rapidement cette photo, bordel! J'ai mal aux doigts!"

Ce "molosse" devait faire la moitié de ma taille et la moitié de mon poids, visiblement.

Après cette partie de pêche sportive, nous sommes restés en mer à échanger des banalités, autour d'autres bières.

Mike nous invita chez lui pour le dîner. Il nous a préparé ce saumon tel un chef, de la découpe à la cuisine: sauce au vin

blanc, jus de citron et crème, le tout accompagné de tagliatelles.
Un vrai délice!

Nous avons achevé le dîner autour d'une bonne bouteille de vin blanc, dans le jardin de Mike.
Si un verre se vidait, Mike le remplissait.
Je décidai alors de laisser mon verre à moitié plein.

Gary prétexta une masse de travail le lendemain, pour s'exiler.
Mike me me raccompagnerait plus tard.
Mike était un grand gaillard, brun, les yeux sombres, la bonne quarantaine. Il parlait couramment le français.

Il avait effectivement été en couple avec une française, a vécu à Toulouse pendant un an, et a deux filles: l'une de vingt et un ans, canadienne résidant à Vancouver et l'autre, sept ans, petite française vivant à Toulouse, avec sa mère.
Il ne pouvait, m'at-t-it dit, plus retourner en France.
Je n'ai pas posé davantage de questions sur le sujet.

Il contactait sa plus jeune fille de temps en temps et était en relation avec la plus grande, lorsqu'elle avait besoin d'une petite aide financière.

C'était amusant d'échanger avec Mike. Tantôt il me parlait en français, tantôt en Anglais et lorsque je répondais en français, il obliquait en anglais. On se comprenait.
C'était simple, exception faite d'autres, qui témoignaient d'une conversation dont ils ne comprenaient que tantôt ma réponse, tantôt la sienne, tantôt ses questions, tantôt les miennes.

Quelques jours plus tard, Mike me proposa d'aller camper dans une région un peu plus éloignée de nos habitations et bien reculée.
J'acceptais avec plaisir.

Dans la forêt, nous avons construit une petite cabane, avec des bouts de bois, que nous avons tissés les uns aux autres.
Sur le toit, nous avons laissé une large ouverture, afin de laisser s'évacuer la fumée du feu de bois, que nous avions préparé, juste au-dessous.

Pas peu fière de cette installation (enfin, surtout moi), on fit brûler des marshmallows.
Cliché, me direz-vous, mais on n'allait pas se cuisiner des sushis! Si? Bon.

Mike fit fondre de la neige dans une casserole, afin de préparer un chocolat chaud. A l'eau.
C'était répugnant.
Vous tenterez l'expérience chez vous, si vous le souhaitez, mais je me décharge de toute responsabilité quant à la saveur de cette boisson.
On aurait mieux fait d'apporter une brique de lait. Mais enfin…
Cela réchauffait.
Et ce n'était pas l'heure, pour un café, de toute façon.

Une nuit rafraîchissante à la belle étoile, sous de bons duvets, auprès du feu.
La nuit fut des plus agréables malgré la fraîcheur de la nuit, le feu aidant grandement.
Nous avons écouté de la musique, chanté, dansé, et oublié tout le reste autour.
D'ailleurs, il n'y avait rien autour, simplement nous, profitant de

l'instant présent, au milieu de nulle part, dans cette forêt féérique et rien qu'à nous.

Le lendemain matin, à l'aube, je me réveillais avec un café chaud. Le meilleur de ma vie.

> Le soleil vient de se lever.
> Encore une belle journée.
> Et il va bientôt arriver, l'ami du café.
> Il choisit toujours la bonne heure,
> Celle où on chante tous en coeur.
> Un ami est venu partager,
> L'ami matinée…

On rabattit nos sacs de couchage et retournions dans nos demeures respectives.

Mike devait se rendre au travail. J'avais à faire, chez moi.

"Coyote Ugly"

Petit message de Lucy: "Alors, ça roule ? Une belle nuit avec Davy Crockett?"

"Hello Lucy,
Ça fait aller et toi? C'était super! Désolée pour hier. Je suis partie en t'abandonnant avec Meg. J'espère que vous avez passé une bonne soirée."

"On se rend au pub, plus tard. Tu viens? Après, on mangera au restaurant. J'ai des choses à vous dire!"

14 heures, au pub. Un peu tôt, non?
Lucy… Un prénom, une explication. Pourquoi précisé-je?

Autour d'une table, Meg, Lucy et moi nous retrouvions, respectivement une pinte devant nous.

Lucy nous annonça la nouvelle.

"Josh m'a appelé. On a longuement discuté et il veut venir s'installer ici, avec moi.
Il a admis ses erreurs. Il dit qu'il m'aime. Que je lui ai manqué. Je l'ai trouvé convaincant."

Meg me lança un regard désapprobateur et un autre plus insistant à Lucy, lui fustigeant:

"Après tout ce qu'il t'a fait?! Un homme qui t'a trompé te trompera encore (*"Once a cheater, always a cheater"*). C'est une maladie.
Comment tu peux le croire? T'es sûre qu'il s'est pas fait plaquer par sa pouffe et qu'il a pas besoin d'un toit?"

- On est au XXIème siècle, il faut vivre avec son temps, Meg! On fait tous des erreurs et je veux lui donner une seconde chance.
  On y a tous droit et personne n'est parfait.

- Si Phil s'avisait de ne rien que regarder une autre femme, il passerait la porte, les deux pieds en avant.

Aucun commentaire de ma part.

J'imaginais simplement cette petite Meg, en colère, éjecter ce géant de Phil à travers le seuil de la porte, lui fourrant un coup de pied dans le derrière, tel que Phil s'envole les deux pieds en avant, évitant largement le moindre contact avec le sol.

Sur la scène à notre droite, une chanteuse débuta sa performance, entre le rock et la country.
Difficile à décrire autrement. Je vous laisse imaginer.

Meg, petit personnage aux convictions traditionnellement bien tranchées s'était soudainement improvisée groupie en herbe, de ce groupe inconnu.

"Allez! Ouah! J'adore cette chanson! Celle-ci aussi! Bravo!!! Quoi? Personne ne danse? Allez, c'est trop bien!"

Et elle chantait, criait, applaudissait, se levait, s'asseyait, se levait, sautait…

Visiblement, une pinte l'avait déjà retournée en fan frénétique.

Note pour plus tard: ne plus sortir Meg devant des inconnus.

Le concert terminé, la chanteuse, dont j'ai oublié le prénom, s'est jointe à nous, probablement attirée par les cris de Meg.

Nous avons poursuivi la soirée ensemble, toutes les quatre.
Le bar fermait tôt et nous avons simplement traversé la rue pour rejoindre un autre bar. Les filles ont engagé une partie de billard. Je me suis dirigée vers le comptoir.

Au bar, je rencontrais des hommes vivant dans les alentours.
Le billard n'étant pas mon domaine d'action, je resterai avec eux toute la nuit.
Conversations légères devant un match de football américain sur les écrans (il faut que j'apprenne les règles de ce jeu, un jour, peut-être. Regarder des sportifs en ligne, courir, s'arrêter, beaucoup,… Trop. Cela n'avait aucun sens.).

Le groupe était plus jeune. La trentaine, dirais-je.

Nous sommes ensuite sortis nous asseoir sur le sable, face à la mer noire, dont la lune éclairait quelques vagues, ici et là, d'une blancheur électrique.

Je rentrai chez moi tard, cette nuit-là, à la suite de ces multiples rencontres, m'étant fait largement oubliée de Meg, Lucy, et la chanteuse.

Je ne sais même pas si elles étaient encore présentes, à mon départ.

Depuis cette soirée, je fus invitée à toutes les réunions de trentenaires de la région: anniversaires en tout genre, barbecues, soirées mousse et compagnie,...

Après mon départ, je n'ai jamais revu un seul de ces gamins. J'imagine qu'ils sont restés dans le coin, à poursuivre leurs diverses beuveries et festivités diverses.

Une poignée d'entre eux, peut-être, seraient partis dans d'autres contrées, d'autres aventures, mais peut m'en importait, de toute évidence.

Si je n'avais jamais manqué de vie sociale en France, ma vie au Canada m'ouvrait la voie vers des semaines chargées en rencontres diverses et variées.

Je n'avais pas réellement le temps de m'ennuyer. De voir le temps passer. Aucune excuse pour tourner en rond.

Le jour, je travaillais mon droit quelques heures, puis écrivais quelques pages, simplement pour le plaisir d'écrire. D'échanger avec moi-même. Discuter avec mon esprit. Voir où nous en étions, tous les deux.

Le soir, Lucy arrivait avec toujours un petit quelque chose pour moi: une bouteille, un carnet à dessin, une photo dont elle ne voulait plus, un sac d'herbes et ses péripéties quotidiennes.

Parfois, je jouais un peu de guitare, parce que Lucy insistait pour suivre mes progrès.
Souvent, nous blaguions sur tout, la vie et ses drames.

"Barbie Girl"

Au mois de mai, je retournais à Paris, afin de passer mes partiels à l'Université.
Quatre journées intenses d'examen, puis retour dans ma forêt.

Quatre jours. Pas plus.
Un aller-retour et puis s'en va.

Un mois après, je recevais les résultats. Année validée.
Inutile de revenir en période de rattrapages, au mois de septembre.
J'avais donc plus de deux mois devant moi avant la prochaine rentrée, pour souffler un peu avant ma dernière ligne droite d'études tardives.

Je ne travaillais pas. Je voulais boucler ce master et me pencher vers un domaine qui m'attirait davantage que l'éducation, la banque ou même, les supermarchés, voyez-vous.
J'avais vendu mon appartement en région parisienne et acheté ma maison au Canada.

Je bénéficiais d'un peu de temps et de moyens devant moi, avant de survivre au pain sec et à la neige fondue (avec du chocolat en poudre, évidemment, parce que c'est meilleur! Et avec de l'eau. Pas du lait.).

J'annonçais la nouvelle à Lucy, ravie de mes résultats et il fallait, je précise, encore, "absolument fêter cela!"
Comme si elle avait besoin d'une excuse. Tous les jours étaient une fête, avec Lucy!

Avec Josh et Lucy, nous sommes donc allés profiter d'un concert brésilien l'après-midi, dans une espèce de hutte, convertie en bar exotique.

Ambiance chaleureuse, musique festive, des musiciens enflammés.
Ce qui nous a permis d'oublier le temps, un chouya frisquet de l'Ouest canadien, qu'importe la saison.
On s'y habitue, cela dit. Et la météo, dans ma forêt m'importait peu: le soleil lumineux, la pluie ruisselante, tout avait du sens et rien ne m'ébranlait.

Le soir, on convia quelques proches à un barbecue sur la plage: Phil, Meg et Gary nous avaient rejoint, chargés de denrées alimentaires (je tiens à mentionner que des fois, nous nous nourrissions), et notamment ce cheesecake (cheesecake, qu'on a dû servir avec un petit couteau en plastique, les cuillères oubliés...Pas un pour rattraper l'autre, décidément).

Plus tard, Mike est passé en coup de vent. Il discutait à droite, à gauche, et de mon côté, je faisais de même. Un peu avec lui. Un peu avec tout le monde.
C'était un bon ami. On pouvait se voir plusieurs jours d'affilée, discuter et se confier. Toujours sérieusement. Parfois gravement. Et nous pouvions également nous oublier pendant des semaines.
Il serait toujours présent pour moi. Je serais toujours présente pour lui.

Au fil du temps, je ne revoyais plus Mike qu'à ces occasions groupées.
Nous nous sommes plus tard, perdus de vue, même si nous avons maintenu quelques échanges éparses, notamment après mon départ.
Vous l'aurez compris. Je ne resterai pas parmi ma nouvelle tribu.

Gary de son côté, était penseur. Il discutait calmement avec une jeune femme que je n'avais encore jamais vue.
Il la fixait, comme intrigué, plus perturbé qu'il n'avait pu me le paraître auparavant, mais avec un petit quelque chose dans le regard, comme une petite lueur étoilée (si vous voyez ce que je veux dire…).

Une femme d'une fraîcheur printanière, un sourire magique, tel un personnage de dessin animé. Le gentil (elle me faisait penser à Timon. Allez savoir pourquoi.).
Elle venait tout juste de s'installer. Esthéticienne, elle avait inauguré un petit salon douillet en face du garage de Tony.
Emma.

Phil, quant à lui tenait absolument à me présenter son ami de longue date, venu pour une visite éphémère : Charles, avocat à Vancouver, où il y avait son cabinet.
Châtain foncé, cheveux mi-longs, les yeux clairs, 1m80, très sérieux.
Rien à voir avec Phil.
Ils avaient grandi ensemble et malgré leur trajectoire distincte, avaient gardé contact toutes ces années. Phil m'introduisit à cet homme.

- Cam, je te présente Charles. Je t'en ai parlé. Tu sais, ce pote qui m'a délaissé pour partir faire de l'humanitaire à Madagascar! Entre autres et pour commencer!

(Ah… il existe, donc!)

- Bonjour, Charles. On m'appelle Cam. Difficile de prononcer mon prénom, ici (N'avais-je pas plus original, comme présentation?).

- Bonjour, Cam. Phil m'a dit que tu étudiais le droit. Tu t'es spécialisée dans quel domaine?

- Je me suis orientée vers un le droit de l'Homme et droit humanitaire. Et toi? Avocat dans quel domaine?

- Droit de l'Homme. Tu veux être avocate?

- Non... Ça m'énerverait trop...

Charles a simplement souri, un soupçon amusé.

- Bon, ne parlons plus boulot. Ce soir, c'est la fête, lança Phil, une bière à la main.

(Pour changer.)

- J'ai la sensation que c'est toujours la fête, avec vous, rétorquai-je.

- Oh, la fête, c'est la vie, répondit Phil.

- Ce soir, c'est moi qui conduis, Phil, objecta Meg, toujours alerte dans les situations de crise, et toujours pratiquement invisible, dans les situations des plus habituelles.

Gary

J'avais reçu un message de sa part, une douce soirée d'automne.
Gary s'était planifié une grande randonnée et m'a proposé de l'accompagner.
La proximité aidant, sans doute. Il est plus aisé de traverser une route, avant l'effort.

Le lendemain, nous avons parcouru une trentaine de kilomètres, à discuter: musique, politique, droit, économie, la vie, ce qu'on en attendait et ce que nous n'en espérions pas.

Nous avons fait le tour du monde en paroles, sans aucune mauvaise critique. Une simple réflexion philosophique, en toute légèreté.

Gary était un homme passionnant, intelligent, intéressant, cultivé et profondément bon. Sincèrement bon.
Jamais je ne l'ai entendu viser qui que ce soit de critiques ou mauvais dires.

Avant chaque côte, il se roulait systématiquement une cigarette, et grimpait, la clope au bec, sans même être essoufflé.

- Comment tu fais, pour fumer et grimper, en même temps?

- Vaincre le mal, par le mal. Il suffit de respirer.

Que disais-je? Respirer? Il fallait y penser!

A partir de ce jour, nous étions devenus très proches.

S'il avait un souci, il traversait la rue et nous en discutions, ou alors, il s'asseyait simplement sur le coin de la table basse, et jouait de la guitare en chantant, des heures durant, parfois mélancolique, parfois des plus enthousiastes.

Un bon guitariste. Un bon chanteur. Un bon interprète.

Six mois après, Gary se marierait, puis juste trois mois plus tard, Emma, sa tendre épouse, donnera naissance à leur petite fille.

Tout est allé très vite. J'ai eu des difficultés à suivre toute cette romance et nouvelle vie de famille, que je suivais de ma propriété, ou via les réseaux sociaux.
Gary vivait pleinement l'instant présent.
Il a trouvé l'amour, le connaitra et l'emportera jusqu'à la fin de sa vie.

On s'est, finalement, peu à peu perdu de vue. A une rue près.
Lui vivait sa vie familiale, et de mon côté, je poursuivais ma reconversion prolongée.

Nous sommes devenus, en définitive, de simples voisins.

"Bonjour, ça va? Pas de problème avec la petite tempête? Allez, passe une bonne journée. Bon courage!"

Deux ans après, Gary est décédé.
Ce n'était pas prévu. Enfin, c'est ce que je me suis bêtement dit.
J'ai appris la nouvelle, en jardinant devant chez moi.
Je plantais des arbustes autour du portail pour arborer plutôt

que grillager. Une sorte de symbole, pourrait-on dire: ne pas se barricader dans des murs et fleurir son jardin, de vie.

Emma, ce jour-là, était arrivée chez eux, le faciès des plus pâles, les yeux cernés de noir, fixant la Terre.
Maya, sa fille, me regardait, son sourire éclatant, comme accroché à ses joues innocentes.
Peu certaine qu'elle comprenait. Qu'on lui avait expliqué.
Qu'elle ne reverrait plus jamais son papa.

Je n'ai rien répondu à Emma, quand elle m'a annoncé le drame. Je crois. Je ne me souviens pas bien. Ou peut-être n'étais-je plus là.

Nos deux âmes se sont séparées rapidement, telles des spectres, hantés par la nouvelle. Dispersées en fumées.

Afin de rendre hommage à Gary, nous avons organisé une journée de commémoration: une scène, un grand buffet, des jeux pour les enfants, de la musique pour les adultes.
Beaucoup de friandises pour les enfants, beaucoup d'alcool pour les adultes.

Les groupes de musique se sont succédés tout l'après-midi durant, des discours aux anecdotes les plus hilares, des blagues, des acrobaties, des morceaux de musique,… Tout cela dédié à Gary.

Et puis, cette fameuse vidéo-souvenirs; celle qu'on a tous vu au moins une fois dans notre vie: lors d'un mariage, un anniversaire, ou l'enterrement d'un proche.

Celle-ci avait plus de sens que les autres. Elle avait une fin.
Gary, de sa naissance à la veille de son décès.
Gary qui apprend à marcher. Gary qui ré-apprend à marcher.
Gary, qui parle. Gary qui chante.
Gary qui s'endort.

Une journée des plus festives. Nous ne nous sommes pas recueillis pour rendre hommage à un homme. Nous avons célébré sa vie. En fête et en musique. En dansant et en chantant.

Tout le monde était vêtu de couleurs, souriait, riait, chantait, dansait et s'amusait.
On aurait dit davantage, une réunion de lycéens vingt ans après, qui se retrouvent et racontent leur vie, qu'un enterrement. Ce n'était pas un enterrement.
Il s'agissait davantage d'un mariage avec la mort, tout du moins, auquel nous avons levé le plus honorable des vins d'honneur, à notre cher et tendre ami.

Je ne crois pas avoir aperçu un seul de ses proches, pleurer. Pas une larme. Seulement de la joie.
C'était le but. Pari gagné.

Merci Lucy, pour cette idée (fallait-il le préciser?).

Je pense ne jamais me remettre, du départ de Gary.
Nous n'étions plus si proches. Il ne venait plus me rendre visite, à l'improviste.
Il a profité de son Emma et de sa tendre Maya, jusqu'à son dernier souffle.
Je le remarquai simplement, de loin : un bon mari et un bon père de famille.

La vie nous a simplement séparés, tel un pull qui s'effiloche, puis ce vêtement a terminé son existence, oublié dans le fond d'un placard.
On ne le jette pas, on ne sait pourquoi, puis il trainera là, jusqu'au jour où on videra l'armoire pour un nouveau départ et qu'on se rappelle qu'on l'aimait bien, ce pull, qu'on l'a porté fièrement et que pour une raison oubliée, on a décidé de ne plus le mettre, à cause d'un trou, une tâche, la mode, ou par simple lassitude.

J'ai repensé à notre journée de randonnée, à ce que nous nous étions dit.

Gary cueillait la vie, telle qu'elle se manifestait:

"Rester ici? Quelques mois, quelques années… Pour toujours?";
"Pourquoi espérer des choses que l'on n'a pas? Tu ne penses pas qu'on risquerait de souffrir, si on avait tout?";
"Rien n'est écrit. Nous sommes les écrivains de notre futur."

Curieux, que de réaliser que ces phrases ont un sens, aujourd'hui.
Pour vous, lecteurs, peut-être pas. Sans doute que non, même.

Gary avait pris la vie, telle qu'elle était, et la vie l'a repris, tel qu'il restera. Dans nos souvenirs.
Jeune, mystérieux, et parti trop tôt, sans prévenir. Sans préavis.

Nos proches, lorsqu'ils disparaissent, existent par ce que les vivants se les racontent, se les remémorent, puis ils s'évanouissent à jamais, lorsque ces même vivants les rejoignent.
C'est une fatalité évidente.

Certains soirs, je me surprends à regarder ces vidéos de Gary, notamment celle où il interprète *"Bohemian Rhapsody"* :

"I dont wanna die. Sometimes I wish I would've never been born at all".

"Carry on, carry on, cause nothing really matters."

Personne ne veut mourir. Accrochons-nous à ce qui est beau, ce qui existe et résiste dans nos mémoires et le récit que l'on en fera.
Rien de pire ne peut jamais arriver, si on ne le veut.
La vie, c'est cette partie de Monopoly, dans laquelle on lance des dés : on achète des terrains, des propriétés, des hôtels et on continue à tirer ces dés, même si parfois, on paie le prix de nos erreurs. On avance. On n'abandonne pas la partie.
Il y a toujours des dés à jeter dans le vide pour faire avancer son pion.

Les personnages récurrents des épisodes de ma vie n'échangeront jamais sur tous les sujets que j'avais pu balayer avec Gary, cette journée-là. Personne pour refaire le tour du monde avec moi, en paroles, et en La mineur.
Gary restera, sans l'avoir voulu, un guide spirituel dans bien des domaines.
J'entendrai encore des petites phrases de sa part, à des moments-clefs.

※

Emma et Maya s'en allèrent quelques semaines plus tard près d'Ottawa, d'où Emma était originaire et avait tous ses repères.

Je ne les ai plus jamais revues, après ce jour où, de ma fenêtre, j'avais aperçu partir ce camion de déménagement.

Broum broum, toutes ces affaires qui se percutent et se bousculent, à l'arrière du véhicule.
Vroum vroum, ce camion qui démarre lourdement, passe une vitesse et s'enfuit difficilement dans la brume, traversant des branches sombres, dressées au-dessus d'Emma et Maya,.
Cette sinistre parade, se clôtura, d'un rideau de brouillard dense.

"Vous avez un message"

"Bonjour Camille. C'est Charles. Phil m'a donné ton numéro.
Je me permets de te contacter car je recherche une assistante, en ce moment et tu as le profil.
Tu m'as dit que le métier d'avocat t'énerverait, mais serais-tu toutefois intéressée pour essayer de travailler avec moi, en tant qu'assistante ?
Télétravail possible, évidemment, mais il faudrait que tu viennes au moins une fois par semaine à Vancouver, si tu acceptes.
Tiens-moi au courant!
Charles."

Il va falloir arrêter de donner le numéro de n'importe qui à tout le monde…
Note pour plus tard: rappeler à mes contacts de me demander la permission, avant d'impacter mon petit train de vie capricieux.

Cela faisait près de deux ans que je n'avais pas travaillé.
Des journées à étudier, lire, écrire, dessiner, jouer de la guitare, chanter et voir mes amis. C'était ma vie de bohème, que je prolongeais, là.
J'appréciais pleinement ma vie d'adolescente, à retardement.

Une année de Master en droit humanitaire acquise, pourquoi pas me lancer, tout doucement, après tout?
Et puis, Charles a raison. J'ai le profil.

J'acceptais donc son offre. Cela ne me ferait pas de mal!
Pour une fois que les annonces vont dans ce sens, autrement que dans le but d'aller cueillir des raisins chez le fermier d'à coté, en Australie, par exemple.
Je me rappelle ces fermiers, qui se pointaient dans les auberges de jeunesse afin de recruter des jeunes cueilleurs, du jour au lendemain...

"J'ai besoin de cinquante cueilleurs, pour débarrasser mes vignes sauvages! Trois dollars, par panier"

Et dire que l'on considérait que c'était bien payé. Du passé, tout cela! Place aux ambitions sérieuses!

Je louais donc une nuitée dans un petit hôtel à Vancouver, un dimanche soir, parée à une première journée d'embauche.

Charles m'accueillit, me fournit un ordinateur portable et me montra les locaux: la salle de pause, la salle de réunion et mon bureau.

- Installe toi, j'ai un peu de travail, mais je t'envoie plusieurs dossiers que je traite, en ce moment. Tu t'es renseignée sur mon cabinet?

- Un peu. Ce que j'ai pu trouver sur la toile, disons...

- Je t'envoie les différentes affaires qu'on a eu à gérer, alors. Cela te donnera une idée.
  On se revoit dans quelques heures. J'ai des réunions

jusqu'à midi.
On déjeune ensemble?

Je m'installe dans ce bureau de taille honnête, une grande baie vitrée donnant sur les immeubles alentours.
La ville.
J'ai l'impression d'y perdre mon identité, ici, dans les cieux de Vancouver, au milieu de tous ces gens derrière ces fenêtres successives, ces têtes toutes obnubilées par leurs petits écrans colorés de lettres microscopiques.

Je décidais de mettre mon bureau devant la fenêtre, dos à tous ces minuscules personnages de bureau, tels des poupées dans une maison en carton.

Sur mon ordinateur, je fis défiler tous ces exemples d'injustices que l'Homme avait inventées, les arguments de Charles face à elles, son travail. Ces cas embusqués par la haine de l'Homme vis-à-vis d'un autre pour rien: une différence, une nuance. Une peur de l'autre, sans doute.
Comme s'il fallait marcher sur ses pairs, pour continuer son chemin vers une gloire superficielle et peu méritante.

Vu comme cela, c'était moins énervant que ce que j'aurais pu imaginer.
Des problèmes. Des résolutions. Des affaires bouclées. Et hop, au suivant!

Fort percutant, cela dit. Et surtout passionnant. Je n'ai pas ressenti le temps filer sous mes yeux.

Un peu après midi, Charles me proposa d'aller déjeuner dans un petit café, a quelques mètres de l'immeuble: sa "cantine",

mentionna-t-il.
J'ai pris une soupe, une salade, de l'eau gazeuse et un yaourt (j'étais une obèse de cinquante ans, ou quoi?).

Charles ne m'a parlé que du travail:

"Intéressant? Pas trop énervant? Pas démotivée?"

"Non, non. Tout va bien, au contraire. J'apprends beaucoup. Enfin…"

Complètement coincée, que j'étais! Je n'avais aucun sujet de conversation probant à mentionner.
Charles dégageait quelque chose. Une barrière mentale. Pas désagréable. Pas agréable. Juste neutre. Surtout, distant.

Visiblement, il n'était pas marié. Je n'arrivais pas à lui donner d'âge. Une sorte de Dorian Gray, en apparence.
Il m'avait semblé bien plus jeune, il y a trois semaines, au barbecue. Et ce midi, il avait vieilli d'une dizaine d'années. Sans doute me trouvais-je devant ce portrait, qui vieillit, emportant l'homme dans la perversion de sa besogne quotidienne.

Nous avons ensuite évoqué nos parcours et notamment, Madagascar. Ce qu'il y a fait et ce que j'en connaissais.
Je remerciai intérieurement Phil de nous avoir mentionné ce détail. Sans cela, je ne savais absolument que dire à Charles.

L'après-midi, je me relançais dans mon parcours, Charles dans son bureau, moi, dans le mien.

*

Il y avait cinq personnes dans ces murs: Rebecca, la secrétaire, Gilles, son associé et Ben, son assistant, Charles, et moi, de toute évidence.

J'ai échangé un peu avec Rebecca, autour d'un café.
Divorcée, trois enfants, la cinquantaine, facile. Elle vivait à Vancouver.
Elle ne m'a pas posé de question personnelle. Nous avons simplement discuté du rythme du cabinet, de séries, de films, à la rigueur, et nos conversations se sont limitées à cela. Du superficiel.
Tant mieux. J'évite de m'épancher sur ma vie personnelle, au bureau.

Si j'avais eu un chat, j'aurais plutôt parlé de ses journées passionnantes. Et au vue de la décoration du bureau de Rebecca, elle aurait été grandement intéressée par la vie d'un matou en appartement.

Ben est arrivé à ce moment. La vingtaine, il venait d'achever son Master, dans mon domaine.
Petit binoclard blondinet (il devait être à peine plus a-haut que moi), il parlait peu, mais bien.
Lui, était en couple, avec Alexia. Il l'a de suite annoncée (trop jeune pour moi, jeune homme. Ne t'inquiète pas. Je ne te plaquerai pas contre un mur.).
Alexia par ci, Alexia par là (Alexia. Pas Angela, je précise. Pervers.).

Gilles, quant à lui, la soixantaine certainement, apparaissait ici et là, et tel un télécopieur qui éjectait tous ses messages, émettait ses questions-réponses en impression économique :

"Ben, tu as le dossier Machin? J'ai reçu le dossier Bidule mais il faut que tu contactes Chouette pour le témoignage. On a besoin de son retour dans les deux jours, grand maximum.
Bonjour, vous êtes Cam? Gilles. Associé. Tout se passe bien? Je dois filer. On échangera plus amplement plus tard. Je suis pressé."

Je n'avais pas remarqué!

Ben nous sourit brièvement, et repartit cravacher.
Je l'apercevais aller et venir, une rame de papier en main, puis revenir, un classeur sous le bras, et repartir, dossiers et classeurs vers son bureau, pour en jaillir, ordinateur dégainé vers le bureau de Gilles, la tête dans son écran en veille.

Charles, en revanche, était dans son bureau, silencieux et sage. Je recevais toute la journée des dossiers passés, puis en cours, et plus tard, quelques directives pour la semaine à venir.

Gilles ne semblait pas avoir découvert l'importance des courriels et de l'informatique.
Il fallait tout imprimer et surtout, entasser les dossiers sur son bureau (j'ai cru à une salle d'archives au départ, mais son crâne brillant flottait effectivement, parmi ces piles de feuilles.
J'avais envie de dégainer un pistolet en plastique, le faire défiler le long des feuilles, pour viser ce gallinacé, en évitant de buter le chien. Ou je perdais la partie. *Duck Hunt*. Meilleur jeu de Nintendo (RIP, télévision cathodique rayée par ce flingue de fortune.).

Charles de son côté, n'avait que son ordinateur portable, un écran et un carnet de notes, sur son bureau. Pas d'impression. Pas de papier. Juste une tête concentrée sur ses dossiers.

*

Fin de la journée. Une bonne fatigue. J'allais saluer Charles avant de repartir dans ma forêt.

"Tout va bien? Pas trop dure, la reprise? Je t'ai commandé deux écrans pour le télétravail. Tu devrais les recevoir demain ou après-demain.
Si tu as besoin d'un bureau, d'une chaise pour chez toi, tu me dis et on s'en occupe.
Je t'ai envoyé des directives pour la semaine. Je t'en enverrai d'autres, au fur-et-à-mesure.
Je te téléphonerai tous les jours, pour faire un point.
Tu reviens quand? Le lundi? C'est le jour où je suis le plus disponible. Je ne pose jamais mes rendez-vous ce jour-là, sauf cas très exceptionnels.
Tu commences à quelle heure le matin?"

Et tout était en place. Pour la première fois de ma vie, j'arrivais dans un environnement professionnel serein, à ma portée, captivant et avec, visiblement, un boss pas trop chiant.

Et me voici donc, assistante, dans mon domaine de prédilection: réveil à cinq heures du matin, début de la journée à six heures, bien installée quotidiennement dans mon bureau, au beau milieu de la forêt la semaine, et les lundis à Vancouver.

Pause à dix heures. Déjeuner à midi. Pause à quatorze heures.
Fin de la journée professionnelle à dix-huit heures.
Préparation de mon Master II à dix-neuf heures pendant trois heures, auxquelles j'ajouterai quelques créneaux de révision le weekend.

Tout n'était question que d'une année, me disais-je, et cette expérience professionnelle était formatrice, et tout à fait compatible avec mes études.

Ma vie d'adulte responsable pouvait ainsi débuter.

"Working Girls"

Voilà six mois que j'exerçais mes nouvelles missions. Tout allait pour le mieux, à tous les niveaux.

J'étais parvenue à me bercer aisément sur cette balance, entre la ville et la forêt, amis et collègues, études et travail.
Je voguais sur les flots de ma nouvelle vie, le cap vers de nouveaux horizons.

Je mettais toujours un point d'honneur à me rendre aux déjeuners du dimanche, au sein de ma petite tribu.
Juste après les déjeuners dominicaux, je reprenais la route pour Vancouver, et rejoignais dans la foulée ma chambre d'hôtel désormais attitrée, à deux lieux du cabinet.

Le lundi, matinée réunion avec l'équipe, puis déjeuner avec Charles, parfois Gilles.
Jamais Ben. Ben déjeunait avec Alexia.
Rebecca grignotait rapidement un plat réchauffé, dans la salle de pause.

*

Ma vie plutôt stabilisée, j'avais une petite idée en tête, à viabiliser. Un enfant.
Seule, tant pis. Je n'attendrai pas l'Amour. Je ne le chercherai pas, non plus.
Cette envie de plus, semble-t-il, lorsque la routine s'installe et me tourmente, n'était pas une lubie.
Je voulais un enfant, non pas thérapeutique, mais comme une

nouvelle bâtisse à la ligne de vie que je tracerai devant moi. Une poursuite de moi. Marquer mon esprit.
A base d'amour et d'un nouvel être.

J'ai donc situé mon bilan mental: vie professionnelle en cours de création, derniers partiels en mai et quand bien même je débutais les démarches maintenant, bébé apparaitrait au plus tôt en septembre prochain.

Pas de précipitation, cela dit, mais cela faisait longtemps que cette pensée allait et s'estompait dans mon esprit (environ une vingtaine d'années.).
Il était temps d'accomplir un de mes plus chers désirs : devenir maman. Aimer son enfant, l'accompagner et s'inquiéter pour lui, toute sa vie.

Je décidais donc de rester une nuit de plus par semaine à Vancouver tous les lundis, et partageait ma besogne, entre rendez-vous chez le médecin et agences de dons.
Je voulais être certaine que tout allait bien médicalement pour moi. J'ai préféré faire un bilan complet avant de me lancer.
Toujours pas folle, vous voyez.

Par la même occasion, j'en ai profité pour reprendre des cours de danse classique.
Tous les lundis soirs, pendant une poignée d'heures, pour commencer.

Il m'était venue l'envie de m'extérioriser et reprendre une passion presque oubliée.
Et puis, lorsque l'on ne veut pas pourrir, on entretient son corps:

on place la plante au soleil, on l'arrose et on ôte les mauvaises herbes.

Au mois de janvier, je retournais donc dans une salle de danse, pour la première fois depuis vingt ans.
J'étais ravie de revoir ce parquet, illuminé de ces miroirs tout autour, et d'enfin caresser à nouveau ces barres de danse que j'avais longtemps choyées, toute mon enfance.

Je ne m'étais jamais vraiment fondue à la masse des ballerines, dans ma jeunesse : des jeunes filles ambitieuses, compétitives, critiques et jalouses.
Entre adultes débutantes, c'était tout le contraire: des femmes accomplies, complices et bienveillantes.

Premier cours, je reprenais les bases, parmi des femmes de trente à soixante ans, un public bien hétéroclite: des représentantes de métiers et univers divers et variés.

J'avais pris quelques semaines de retard par rapport à mes nouvelles camarades.

Heidi, une femme de mon âge, était un peu plus à l'aise que les autres. Elle m'orienta dans certains gestes, les mains souvent posées sur mes hanches, et m'encourageait à chacune de mes petites avancées chorégraphiques.

Vêtue d'un un juste-au-corps et de collants noirs, chaussée de rose pâle, elle dévoilait un corps que je ne pouvais qu'admirer.
Heidi, cette étoile, illuminait le ciel, parmi toutes les autres.

Blonde, de grands yeux bleus, une femme charismatique aux traits dessinés au pastel et à la craie.

Ses yeux, songeais-je en les observant, dessinaient deux billes aussi bleues que l'océan, à tel point que j'avais envie d'y plonger, de m'y noyer, d'y perdre la vue à tout jamais, d'y sombrer, de m'y perdre, car je savais que plus jamais, je ne reverrai quoi que ce soit de plus beau, de toute mon existence.

Après le cours, elle me proposa d'aller boire un verre.
J'acceptais.
A vrai dire, je voulais répondre "oui", mais ce qui a jailli de ma bouche à ce moment précis fut une sorte de son tout à fait fantasque que je reproduis ici dans son exactitude, rien que pour vous : "eurmpumpffi."

Heidi a souri, comme si elle avait parfaitement conscience et contrôle de son charme. De son pouvoir. Celui de plaire. De son charisme. De sa beauté naturelle.
Des sorts, qu'elle jetait à tous les passants, les envoutant d'un quelque chose qui ne peut être décrit, même avec tous les mots et les langages de la planète toute entière.

Heidi s'est tout de suite confiée à moi et il était aisé d'échanger avec elle. Des discussions tout à fait spontanées (en omettant ma réaction au premier regard posé sur elle, évidemment) et passionnantes.
Je me baignais dans ses paroles, sa voix berçant chacun de ses mots, tels, qu'ils guidaient mon coeur.

Psychologue, elle avait un petit cabinet à quelques rues du studio.

Je fus stupéfaite d'apprendre qu'elle était encore célibataire et sans enfants (moi aussi, me direz-vous. Son regard en moins. Ses yeux, si…).

Elle habitait en ville et m'a raconté tous ses voyages passés, ceux déjà planifiés et ceux envisagés. Je fus de même.

Nous avons longuement évoqué nos escapades ici et ailleurs, puis discuté de musique, de nos passions et de nos vies respectives. En toute légèreté. En toute intimité.

Heidi adorait lire, jouait du piano, et se plaisait à se promener des heures durant, prendre des photos de paysages, de villes ou d'inconnus qui passent.
Je lui ai raconté faire de même et que ma passion dans la photo, c'était notamment de prendre des clichés de cimetières gothiques.
Elle a éclaté de rire, mais m'a affirmé comprendre.
(Rassurant.)
Autant dire que nous nous sommes de suite entendues sur bien des domaines. Tous, en fait, même et surtout, nos silences.

Et ce fut notre petite routine, avec Heidi, que de prolonger nos cours de danse, au rythme d'un petit verre, suivi d'un dîner au restaurant, puis de soirées cinéma devant des films en tout genre.
Je pouvais regarder n'importe quel film, tant que je les visionnais avec Heidi.

Un mardi, quelques semaines plus tard, il avait fortement neigé toute la journée.
J'avais pris l'habitude de venir travailler au bureau les lundis et mardis, à présent. Perdu, mon pouvoir magique de téléportation.

Impossible pour moi de réserver une nuit d'hôtel où que ce soit, les hébergements étant saturés, à l'occasion de cet épisode d'intempérie.
Heidi, s'étant doutée de mon embarras éventuel, m'avait contacté, dans la journée:

"Ce serait complètement irresponsable de retourner chez toi, ce soir. Tu ne prends pas la route. Viens dormir à la maison. J'ai un grand lit."

*

Après le travail, je me rendais donc chez ma belle amie, à quelques stations de métro du cabinet.

Heidi vivait au quinzième étage, dans un immeuble de verre.
Son appartement était lumineux et douillet: une large entrée, un grand dressing sur la gauche, une petite table sur la droite et quelques cadres photos sur les murs.
Au bout de ce couloir, j'apercevais un piano à queue blanc, installé dos à la grande baie vitrée du salon, qui elle, donnait sur d'autres immeubles de verre.
Le salon laissait une place centrale au canapé bleu roi, ornée de multiples coussins déclinant les couleurs de l'automne.
La cuisine américaine longeait le mur sur la gauche.
A l'arrière, une grande chambre aux couleurs fraîches: du beige, du bleu, du blanc, des graphiques dans tous les sens sur le plaid et les coussins.
Elle avait bon goût.
Je me sentais, à l'aise, ici. En toute confiance, surtout.

Heidi avait apporté des repas, provenant de notre fidèle restaurant chinois, situé aux pieds de son immeuble.

Nous avons pris notre diner devant "Le cercle des poètes disparus".
Une valeur sûre, nous étions-nous accordées.

La neige, dehors, éclaircissait la nuit de sa pure blancheur, camouflant nos vitres de verre, d'un manteau opaque et

protecteur.
Nous étions loties dans le canapé, grignotant des popcorns, nous couvrant toutes deux de ce plaid d'une douceur sans égal.

Avachies l'une contre l'autre, nous nous rapprochions au fil des minutes (minutes, oui. J'entends la voix de Robin Williams, nous souffler lentement: *Carpe Diem.*).

Je rapprochai dangereusement ma tête près de son épaule, ses mains, me saisissant soudainement à la taille, rien qu'en les effleurant légèrement.

Puis légèrement, nous nous sommes effleurées de nos lèvres, puis nous sommes embrassées. Puis longuement. Et langoureusement.

Je caressai son corps jusqu'à ses hanches parfaites, une main dans son coup, ma bouche lui murmurant de légers soupirs à l'oreille.
Ses mains autour de ma taille, me pressaient de plus en plus savoureusement. Puis fortement. Et lascivement.
Heidi promenait ses mains de mon bassin à la taille, et remonta jusqu'à mon coup, de ses mains chaudes et sensuelles, l'effleurant et le caressant.

J'enlevais son t-shirt délicatement, puis elle le mien, nos bouches s'effleurant l'une, l'autre.

Je laissais sa jupe glisser du bout de mes doigts, le long de ses cuisses et l'oubliais au sol, pendant qu'elle déboutonnait mon pantalon et le déroulait, le long de mes jambes.

Plaquée contre elle, je la délestais de son soutien-gorge, mon visage dans ses cheveux, sentant ce parfum divin, puis ai caressé sa poitrine, son ventre, du bout de ces dentelles filantes, jusqu'à son bassin, mon visage suivant chacun de mes mouvements, le long de son corps.

J'attrapai sa culotte, que l'ôtais à mon passage, jusqu'à ses genoux.

Heidi, sa tête entre mes seins, m'embrassa d'un tendre chemin tracé de ses lèvres humides, jusqu'à mon nombril, puis descendit jusqu'entre mes cuisses, emportant le reste de mes vêtements sur cette route sensuelle, semé par ses baisers.
Sa respiration chaude, piquait mon corps, à chaque souffle qu'elle posait délicatement sur mon corps.

Sous le plaid nos deux corps s'enlacèrent, nos mains se promenant de nos chevelures à nos cuisses, découvrant petit à petit notre substance, que nous connaitrons par Coeur.

J'ouvris les yeux, quelques heures plus tard, encore perdue dans les rêves de cet envoutement, qui venait de s'achever.

"Il fait jour! Je suis en retard!!!".

- Ça va, Cam, tu es en télétravail, aujourd'hui, me lança Heidi, un large sourire moqueur se dessinant gracieusement sur son doux visage, les cheveux ébouriffés par la nuitée.

- Et normalement, je débute à six heures…

- Tu crois que Charles va remarquer? Il ne doit pas se lever avant une heure, au moins. Tu as le temps. Et puis tu décaleras ta journée. De toute façon tu restes ici, aujourd'hui. Tu ne bougeras pas, par ce temps.

- Ah! Je n'ai plus de batterie sur mon téléphone! Tu as un chargeur?

- On se détend. Tiens (me tendant un chargeur). Viens prendre un café, pour commencer.

- Je peux prendre une douche, avant?

- Au fond du couloir.

Une nuit de transe, écourtée brutalement par ce foutu soleil, qui a décidé de se lever, comme à son habitude (j'ai deux mots à lui dire, à celui-là!), à son heure habituelle. Jamais ne prend-il de congés, de temps en temps ?

Sous la douche, entre la ferveur et l'angoisse, je tentais de calmer toutes mes ardeurs, qui se répandaient dans tout mon être: de la chaleur, du froid, des palpitations, du calme. Heidi!

"Réveille-toi, Cam. Et calme-toi. Tout va bien.
Tout va très bien, même!"

Dans la cuisine, Heidi m'accueille avec un grand café au lait et des vêtements propres. On faisait finalement la même taille.

- Je pars travailler dans une petite heure. Tu seras là, ce soir, me demanda-t-elle.

- Si tu veux que je reste!

- Si je te le propose!

- Hum… Oui. Pardon. Je…Désolée. Je suis complètement à l'ouest, ce matin. Excuse-moi.

Heidi était tout sourire, le même qu'au prononcé de mon "eurmpumpfffi" (définition de ce mot qui rentrera dans le dictionnaire en 2056: tomber sous le charme d'un inconnu et remplacer des dires, par un terme qui n'a jamais existé. Employé pour la première fois dans le livre "Mémoires d'une surdouée qui ne voulait pas pourrir à quarante ans", de Camille Sovester et repris dans le très célèbre discours de Donald Trump, "Ne cassez plus jamais mes murs".).

Heidi me prit dans ses bras et m'embrassa, de nouveau.

- Ça va mieux, me demanda-t-elle, ses yeux plongeant dans les miens.

- Oui, pardon. Je… Je n'ai pas vu le temps passer. Du tout. Ça va mieux. J'ai passé une nuit parfaite. Un peu courte, mais vraiment parfaite. Réveil un peu brutal.

- Moi aussi. Je n'ai pas envie d'aller travaillant, te sachant ici… Tu restes, ce soir?

- Evidemment!

Heidi me quitta quelques "secondes" plus tard, pour se rendre au travail. Elle m'embrassa, trop brièvement, me serrant à nouveau contre elle trop succinctement. Je voulais qu'elle reste

comme cela, le plus longtemps possible.
Elle me manquait déjà.

Elle franchit le pas de la porte, telle une brise caressant mon âme, dans son entièreté.
Sensation de blizzard intense envahissant tout mon être et glaçant mes esprits. Mon coeur de bousculer mes pensées, au rythme d'une passion naissante.

*

Mon téléphone se réveille: 46 appels en absence et un message. De Lucy.

"Cam! Je suis passée chez toi, hier! Encore à Vancouver? J'ai tenté de te joindre, mais je tombe systématiquement sur le répondeur. Tu fais quoi? Ça va? Tu as été bloquée par la neige? Où es-tu? Rappelle-moi!"

Je la contacte immédiatement.

- Salut, désolée, j'étais occupée. Je suis à Vancouver, encore. Je suis restée sur place, avec la neige, tu sais…

- C'est ce que je me suis dit! Il faut que je te raconte… Josh… Il a recommencé.

- Non.

- Si… Je suis tombée sur des messages. Ce connard se tapait une de ses clientes! Il n'a même pas cherché à nier quoi que ce soit. Je lui ai balancé ses affaires à la gueule et lui ai dit de foutre le camp de ma vie. Cette fois, c'est

terminé.
Tu rentres quand? Il faut qu'on picole!

- Hum… Demain, je pense.

- Pas ce soir? La route devrait être dégagée! J'ai vraiment besoin qu'on se voie!

- Non, je me suis engagée. Vraiment… Je… ne peux pas. Désolée…

Je ne voulais pas. Pas après cette nuit. Je ne me voyais pas laisser Heidi en plant et disparaitre pour n'importe quelle excuse que ce soit. Même valable. J'avais envie de la revoir. Vite. Et personne d'autre.

J'ajoutais:

- Je te promets que je me rattrape, dès demain. On se voit après le boulot et je pose ma journée de vendredi. On se fait un weekend entre filles et on file où tu veux!

- Ça marche….

- Désolée, vraiment. Choisis la destination que tu veux et on décolle dès demain, dès que je rentre. Promis!

- Je t'enverrai le programme. T'as intérêt à rentrer à l'heure!
 (Elle n'enverra pas le programme.)

Rassurée, je passais une journée chez Heidi, la tête dans mes dossiers, le coeur bien plus loin. Bien plus haut. Enfin… A quelques stations de métro près, dans un cabinet étranger. Aux côtés d'une certaine femme blonde et pénétrante. Heidi, si je me souviens bien.

Existe-t-elle? Avais-je rêvé?

Vers vingt heures, Heidi rentra à la maison, des sushis dans un sac, et une bouteille de vin dans la main.

Elle se rapprocha de moi, m'enlaça, m'embrassa, me serra dans ses bras, puis m'embrassa longuement à nouveau, m'enlaçant et me serrant davantage, comme si elle craignait que je tombe, que je parte et disparaisse.
Aucune crainte à avoir. Je resterai tant que je l'aimerai.

Nous avons parlé peu ce soir-là et avons instinctivement poursuivi ce que le jour nous avait ôté prématurément.

Cette nuit, j'oubliais tout, autour de moi.
Il n'y avait dans ce monde, que deux personnes, et rien, pas même la terre qui s'effondre sous nos pieds, ne pouvait perturber ce moment.
Ces moments passés et que je passerai, auprès d'Heidi.

Je m'endormis dans ses bras, sans réaliser que Morphée m'avait plongé dans de nouveaux rêves plus beaux, plus passionnées, volant plus haut que le ciel (et toutes les étoiles, autour.).

Au petit matin, j'annonçais à Heidi que je devais partir le lendemain.
Lucy, dont je lui avais beaucoup parlé, venait de quitter Josh.
Elle m'avait demandé de rentrer la veille, mais j'avais réfuté sa

demande pour rester à Vancouver. On allait donc passer le weekend ensemble.

- Tu lui as dit, que tu étais restée avec moi?

- Ce n'était pas vraiment le moment. Pourquoi?

- Comme ça, ne t'inquiète pas. Tu me raconteras? On se revoit dimanche soir? Tu ne prends pas de chambre d'hôtel cette fois!

- Oh oui!
  Je t'appellerai, avant de partir.
  De me dire que je m'en vais demain, tu me manques déjà. J'aurais aimé rester des jours ici, avec toi.

- Moi aussi. On en profitera plus, la semaine prochaine. Se languir de l'autre peut être propice à quelque chose d'encore plus magique, et intense…

Heidi…

Je la quittai, ce jeudi matin, lui souhaitant une bonne journée et durant ce simple baiser d'au revoir, je savais qu'elle allait combler mes pensées, de bonheur et de langueur.

Terrible sensation. J'avais envie de rester auprès d'elle. De tout plaquer pour être à ses côtés. Je n'avais besoin de rien d'autre qu'elle.
Elle contre moi. Elle auprès de moi. Elle, dans ma vie.

Toute la journée, mon esprit moqueur, se tenait au-dessus de ma tête, et me narguait de pensées passionnées. J'étais comme:

Un petit oiseau, sur son arbre perché,
Tenant dans sa tête une bourgeoise.
Maîtresse Heidi, par cette passion prononcée,
Lui tint à peu près ce dommage:
Et bonjour, Madame la soupirante.
Que vous êtes jolie! Que vous me semblez belle!
Sans mentir, si vos émotions
Se rapportent à votre visage,
Vous êtes le phénix des hôtes de cette tour, toute entière.
A ces mots, la soupirante laissa tomber son peignoir.
La bourgeoise s'en saisit, et dit:" Ma bonne Madame,
Apprenez que tout flatteur
Vit aux dépens de celui qui l'écoute."
Cette leçon vaut bien la passion, sans doute.
La soupirante, amoureuse et confuse
Jura, mais un peu tard, qu'on ne l'y prendrait plus jamais.

Et on l'y reprendra.

"En catimini"

Jeudi soir. Vingt heures. J'arrive enfin à domicile.

Lucy m'attend dans sa voiture:

"Fais tes valises! On se casse!"

"J'arrive! Laisse-moi cinq minutes!"

Lucy avait réservé un vol pour San Francisco. Je retournais donc, encore, à Vancouver.

"Tu aurais pu me prévenir, je serais allée directement à l'aéroport."

"Et faire la route toute seule? Et puis quoi, encore?!"

Effectivement.

Nous sommes arrivés le vendredi matin. Lucy m'emmena directement au Golden Gate Bridge, que je connaissais bien.

Contemplant ce paysage apaisant, d'une extrémité du pont, la ville dernière nous, et l'ile de verdures en face, Lucy s'exclama:

- Tu savais qu'on appelait ce pont le "pont des suicides"?!

- Lucy, tu n'as pas conversation plus positive?

- Ben quoi? Tu le savais?

- J'en ai entendu parler. Je sais aussi que normalement, on n'aperçoit jamais ce pont à cause du brouillard. Et regarde, aujourd'hui, il pose devant nous, ce top model urbain! C'est un fait, ça aussi, non?
Sinon on peut juste admirer le paysage et contempler? Comment tu vas?

- Ça fait aller…Qu'est-ce qui t'a retenu, hier? Tu avais l'air de te censurer, au téléphone, me demanda-t-elle, avec un sourire curieux, un tantinet provocateur.

Et me voyant la fixer curieusement:

- Ah… Tiens, tiens… C'est qui? Tu l'as rencontré comment? Raconte!

- Heidi. Je t'en ai parlé…

- J'en étais sûre! J'ai vu ta façon de parler d'elle!

- Moi?

- Cam… Tu racontais des anecdotes, un sourire greffé au visage, les yeux rêveurs et une voix qui aurait laissé rêveur, une statue en béton ! C'est pas ton genre.
Ça fait longtemps, que ça dure ?

- Hum… Un jour, en fait.

- Heureusement qu'il a neigé, alors!

- Heureusement, qu'il a neigé.

- Vous allez vous revoir?

- Évidemment! On danse, ensemble!

- Cam…

- Oui, répondis-je, songeuse, rêveuse,… Dimanche, je dors chez elle.

Un message matinal vint interrompre notre échange :

"Hello, hello,
J'espère que tu t'es bien reposée. Profite de ton long weekend avec Lucy.
Amusez-vous bien. Je t'embrasse.
H."

- Elle t'a écrit quoi, devina Lucy. Ça s'est bien passé, on dirait? (Petit clin d'oeil insistant).

Un message, un sourire et une pensée égarée. Facile d'identifier mon expéditeur.

"Coucou,
Reposée? Pas vraiment. Nous venons d'arriver à San Francisco. Je te raconterai.
On est assise face au Golden Gate, à admirer le paysage. J'aurais aimé que tu sois là.
J'ai hâte d'être à dimanche et de te revoir."

- Café? On se les caille, ici, enchaina Lucy.

J'acceptai, mais seulement si on le prenait sur le ferry, pour nous rendre à Alcatraz.
J'avais plusieurs fois visité San Francisco, mais ne m'étais jamais rendue dans cette prison impénétrable.

J'adore aussi visiter les anciennes prisons. Dans une vie passée, j'ai dû me faire attraper à prendre des photos dans un cimetière gothique et terminer mes jours en taule. Un truc dans le genre. Je crois que cela me revient, maintenant.

Lucy accepta avec grande joie.

"Allez hop! Premier arrêt: Alcatraz!"

L'après-midi, nous avons longé la ville, marchant à travers ses rues pentues, aux maisons victoriennes qui nous saluaient toutes personnellement, de leurs couleurs des plus vives, les unes que les autres.

Nous décrivions ensemble, chaque petit dessin de la ville: les plantes, la vue, cette séparation entre immeubles et maisons, ces drapeaux sur les fenêtres, la laideur de certains quartiers,…

Nous avons loué une petite chambre d'hôtel sans prétention pour nos deux nuitées furtives, dans le quartier de Milton, plus précisément.
J'aimais bien ce quartier. Il était vivant et plutôt paisible. Je le connaissais bien et m'y sentais en sécurité.

Le samedi, j'ai proposé à Lucy de rejoindre de vieilles connaissances, non loin de là. Elle allait adorer leur appartement.

Mes trois vieux compères, la trentaine, vivaient toujours dans ce hangar: une entrée via un escalier bétonné, toujours aussi sombre, le salon, au plafond étouffé davantage de vélos suspendus qu'il y a quelques années (je les imaginais chacun leur tour, trouver un vélo abandonné, se balader dans les rues, fièrement, avec ce bout de ferraille, et venir l'accrocher parmi les centaines d'autres, tel un trophée…), cette cuisine, avec une grande table de pique-nique en bois, ce chevalet d'écolier, … Rien n'avait bougé, même le réfrigérateur, rhabillé en R2D2 avait survécu, dans cette minuscule cuisine des plus farfelues.

Toujours ces trois personnages: Luke, le fumeur de cannabis invétéré (parce qu'il avait mal au dos), Samantha, serveuse invétéré dans son café et Josh, qui avait conservé son restaurant à quelques rue de là.
Il nous invita gracieusement à y dîner le soir-même.

Lucy était dans son élément, si j'ose dire. Elle prit soin de re-qualifier un porte-manteau en C-3PO et une tasse, en "trooper". Elle avait le thème pour se lancer, elle avait le talent pour créer. Cette facilité qu'elle avait, de faire de n'importe quoi, n'importe qui et n'importe qui, n'importe quoi, me sidérait à chaque fois que j'observais les inventions qu'elle pouvait achever, du bout de ses dix doigts.

Chacun échangea ses coordonnées et nous repartîmes, ravies, surtout Lucy qui n'avait pas mentionné Josh une seule fois, le temps de notre escapade.

Le dimanche matin, nous retrouvions tranquillement nos bois, puis nos chers voisins, pour le déjeuner habituel.

Meg, était très déçue de ne pas avoir été conviée à la partie. On délaissait toujours un peu Meg. Surtout Lucy. Un peu trop différentes, certainement.

"Une prochaine fois", lui somma Lucy.

Pendant ce déjeuner, j'échangeais des messages avec Heidi:

"Tu arrives à quelle heure? Tu veux manger quelque chose en particulier?";
"Dès que possible. Rien de particulier. Juste te voir. Tu m'as manquée. Je ne partirai pas trop tard. "

Rien ne pouvait perturber nos échanges écrits. Pas même Meg, qui n'a trouvé mieux que de rhabiller Josh pour l'hiver, tout l'après-midi durant.

Toujours sur mon arbre perché, je tenais, dans ma tête, cette bourgeoise.

Je repassais préparer mes affaires pour quelques jours: pour le lundi, la danse, le mardi et le mercredi.
Je resterai jusqu'au mardi suivant. Il y a même des machines à laver, à Vancouver.
Je ne suis pas une souillon, vous savez.

Mon parcours vers Vancouver fut long, ce dimanche après-midi. Très long. Trop long.

Mon impatience guidait mes gestes frénétiques, mes coups de volant secs, les morceaux de musique que je coupais, pour une musique encore plus joyeuse que la précédente.
Je me sentais heureuse. Pousser des ailes. Vraiment très heureuse.

Enfin, j'arrivai au seuil de l'appartement de Heidi. Elle m'a ouvert la porte, se tenait là, à l'entrée, radieuse, encore plus belle que ce jeudi matin. Plus belle que je ne m'en rappelais.
Plus belle que l'océan dans lequel j'avais perdu la vie, à peine le temps de l'aimer.

"Modern Love"

Le mardi suivant, je rentrai finalement chez moi, la diversité de vêtements me manquant.

Heidi me rejoignit pour une visite le vendredi, afin de profiter d'un petit weekend à la campagne.

J'avais préparé des apéritifs et tout disposé dans le salon: des chips, des carottes, des concombres, tartines d'esturgeon, une bouteille de champagne, avec deux belles coupes sur la table. Rien n'était suffisant.

J'ai placé au beau milieu, un bouquet de fleur fraîchement cueilli.
Moi, romantique? Je ne vois pas de quoi vous voulez parler.

J'avais également préparé le dîner, en amont: un simple riz aux crevettes, saucé à la crème de coco, assaisonné au curry et au gingembre.

Heidi avait posé son après-midi, pour profiter pleinement du weekend et arriver relativement tôt.
Je lui avais précisé qu'on n'échapperait pas au déjeuner dominical, chez les Thomson, cette fois-ci.

A l'arrivée de ma dulcinée, je la délestais de ses bagages, la serrais dans mes bras et l'embrassais.
Je lui soufflai à l'oreille qu'elle était belle, qu'elle m'avait manqué, que j'étais ravie de sa présence.
Son aura, telle une apparition divine. Et le monde entier n'existe

plus autour. Il n'y avait plus qu'elle, dans ce monde. Qu'elle, qui importait.

Heidi semblait charmée par les lieux: "Ouah! C'est la campagne! C'est grand! Oh… Cette vue! Je comprends pourquoi tu es venue t'installer ici. C'est le paradis! Et d'un calme…Rien à voir avec Vancouver…".

A peine avons-nous eu le temps de faire le tour de la propriété, que Lucy apparut de nulle part (à croire qu'elle nous guettait), prétextant un besoin imminent de sauce soja.

(Bien sûr.)

- Hello, hello! Je sais que tu es occupée, ce soir, mais vraiment, il me fallait de la sauce soja pour préparer mon saumon. Elle est arrivée?
 (Petit air sournois que tu dégages là, Lucy…).

- Entre, et viens te présenter.

(Morue.)

Heidi se tenait debout derrière moi. Discrète, elle observait la scène, silencieuse et plutôt amusée.

- Bonjour, c'est moi, Lucy, commissionnaire de la vie de Cam et contrôleuse de ses relations intimes. Tu as tes papiers? Tu es à jour de tes relations passées? Tu as bien rompu avec tous tes ex? Des références?

Heidi souriait de plus belle, son sourire illuminant, tout l'environnement autour, jusqu'à Vancouver, au moins.

- Bonjour, Lucy. Cam m'a beaucoup parlé de toi. Tu es exactement comme elle t'a décrit! Tu veux mon relevé de comptes, aussi?

- Joins-toi à nous pour l'apéritif, Lucy. Et barre-toi après, sommais-je sarcastiquement à Lucy.

Heidi et Lucy éclatèrent de rire.

Autour de la table, Lucy et Heidi se sont merveilleusement entendues.
Nous n'avons manqué de sujet de conversations, avec de tels phénomènes présents autour de cette petite tablée.

Nous avons beaucoup ri, et étions toutes enchantées de nos échanges.

Lucy s'éclipsa évidemment avant notre diner, initialement prévu en tête à tête, et nous ne la revîmes que le dimanche midi.

Toute la journée du samedi, Heidi et moi sommes parties faire une longue randonnée dans la région autour.
Elle avait enfilé une tenue de randonnée camouflant ses formes que je connaissais, et quand bien même, elle était tout aussi attirante dans cette tenue d'aventureuse, qu'en chemise de soie, cintrant sa poitrine, et jupe droite, dessinant ses jambes éclatantes.
Lara Croft n'avait qu'à bien se tenir.

Heidi avait évidemment emporté son appareil photo.
Nous comparions nos prises, et nous étonnions des contrastes

entre nos clichés, malgré la courte distance qui nous séparait toute la journée durant.

En rentrant, j'ai lancé un petit feu de cheminée pour réchauffer la pièce. Pas de télévision, chez moi. Nous observions les flammes, allongés dans le canapé, échangeant sur notre semaine, sur nous, sur la vie, en toute sérénité.
Au chaud. L'une contre l'autre. L'une dans l'autre.

Le dimanche midi, nous nous rendions chez Meg et Phil.

- Tiens, tiens, tu dois être Heidi. Cam n'a pas cessé de nous parler de toi, débuta Meg. La route n'a pas été trop longue? Tu apprécies la région? J'espère que tu apprécies le calme! Ici, nous sommes seuls au monde!

- Bonjour, me voici. En chair et en os! Tout est parfait (se tournant vers moi). J'ai apporté du vin. Cela vous convient?

- Du vin, de la bière, du lait, tout nous convient, lança Phil, sa tête affairée dans la cheminée.

- Tu cherches quelque chose, Phil, demandai-je.

- Un écureuil!

Et effectivement, ce fut un écureuil que Phil extirpa de là, sa tête fardée des cendres noires du conduit de cheminée.

Heidi éclata de rire.

Sam et Beth sont arrivés à ce moment : deux petites têtes curieuses et souriantes le long du mur de l'entrée, qui n'avaient que faire de cet écureuil ou du maquillage de Phil, peu impressionnés par ce jeté d'écureuil à travers la fenêtre.

"Alors? Où est la charmante Heidi", questionna ce petit coquin de Sam.

Il s'est précipité pour embrasser Heidi, lui servant au passage, une plâtrée de compliments:

"Vous êtes exactement comme Cam vous a décrite! Une vraie perle!"

"Sam, tu es mariée. A moi. Laisse-la respirer, enfin", rétorqua Beth. "Cette pauvre petite! Tu ne vas pas nous la traumatiser."

"Oh ça va! Je suis contente que tu sois là, Heidi. Et dans la vie de Cam (me jetant un regard appuyé). On s'inquiétait, pour cette petite!"

"Oh, ça va! Je vais bien!", rétorquai-je.

Tous, était charmés par ma moitié, et je ne pouvais absolument pas leur en vouloir. C'est vrai qu'elle était parfaite.
Si la perfection existait, elle se nommerait Heidi. D'ailleurs, suis-je bête. Elle s'appelle effectivement Heidi. Parfaite Heidi. Lumineuse Heidi.

*

Le soir nous décidions de faire la route toutes les deux, pour revenir dans notre chère ville de Vancouver.

J'ai comblé ma valise d'une semaine de vêtements, au moins, et à la demande de Heidi, ai apporté ma guitare.
Heidi voulait m'entendre jouer.

Lorsque je jouais quelques morceaux, Heidi m'observait, silencieuse, sans jamais me critiquer, et pourtant, Dieu sait que je faisais quelques erreurs.
Parfois même, je ne réalisais même pas sa présence, lorsqu'elle se tenait derrière moi, à m'espionner, en toute discrétion.
Je jouais certainement mieux dans ces moments de pseudo-intimité, sans le poids de son regard, n'ayant pas le trac de la séduire davantage.

Finalement, je resterai à Vancouver pendant des semaines.
Nous ne revenions que le weekend, à la maison. Puis de moins en moins. Et plus jamais.
Je vais un peu vite. Revenons aux faits présents.

Je me plaisais, dans cette vie à deux.
Travaillant à l'appartement toute la journée, j'accueillais Heidi tous les soirs avec un bon dîner, que je prenais plaisir à lui préparer, par amour, passionnément et en chantant!
J'étais inspirée dans tous mes ouvrages culinaires, guidée par cet amour fleurissant.

Heidi était aux anges. Elle prétendait adorer chacun des plats concoctés par mes soins.
L'amour ou l'intégrité, certainement.
Rien ne pouvait ébranler notre bonheur, que nous sabrions de nos sentiments accrus, l'une pour l'autre.

Je ne subissais pas une routine. Chaque jour passé avec Heidi était comme une nouvelle aventure. Aucune journée ne

ressemblait à la veille. Jamais, je ne pouvais m'ennuyer, ni me lasser de ma vie avec cette femme.
L'ennui, c'était de l'attendre, mais mon amour pour elle éveillait mon esprit et mon coeur, à tel point que j'ai oublié la définition de cette expression.
L'ennui ? Il est resté à la maison, avec mon célibat.

Je goûtais et savourais chacune des ses expirations, sa voix, ses mots, sa présence. Tous ces ingrédients créaient mon met préféré.

Et je pouvais si bien vivre de ces petites bagatelles, que je n'avais plus l'envie, de même, respirer, me nourrir ou m'endormir, de peur de perdre la moindre seconde à ses côtés.

Heidi était mon air, ma nourriture, mon eau, et mon sommeil.

Nous écrivions ensemble notre histoire, à l'encre de nos coeurs.

En mai, je passais mes derniers partiels, à Paris, pour ce Master II en droit de l'Homme et humanitaire.
Heidi m'accompagna, évidemment.

Nous avons planifié un petit voyage en Europe, région du monde qu'elle connaissait peu.

Elle connaissait plutôt l'Angleterre, l'Irlande et l'Ecosse. Contrairement à moi, elle ne parlait que sa langue natale. Elle n'a jamais été une adepte des langues étrangères. Même pas le

Français.
Avant ma rencontre…

Elle comprit rapidement les quelques termes de complainte d'un français, que je censurerai de ces lignes.
Peu utile de les préciser. Vous en avez certainement usé ou abusé, aujourd'hui.

Puis peu à peu, elle décida d'apprendre les rudiments de la langue de Molière.
Et nous finirons par échanger en Anglais, puis en Français.

Que n'apprendrions-pas aisément, par amour?

Tour d'horizon

Pendant mes heures de composition, Heidi se promenait dans notre capitale: musée du Louvre, Jardin du Luxembourg, Tour Eiffel, Arc de Triomphe; visites que je lui ai conseillées, et à effectuer sans moi, car je ne les connaissais que trop bien.
Et je voulais qu'elle découvre nos monuments, de ses propres yeux. Qu'elle m'en parle avec les vers de ses poèmes.

Le dimanche, peu d'originalité pour une vie parisienne: quelques verres en terrasse, des dîners dans de très bon restaurants, puis nous avons flâné dans Paris, empruntant les avenues et les plus petites ruelles de la ville Lumière.

Heidi voulait tout voir, tout prendre en photo, tout admirer, tout enregistrer.

De mon côté, je l'admirais, admirative de son admiration, admirée par le moindre de ses petits gestes admirables.
Heidi, relevant ses cheveux, Heidi s'agenouillant pour une photo, Heidi qui me regardait tendrement, pensive et je l'espère, un peu admirative, aussi.

Le lundi, nous sommes parties nous aventurer quelques jours sur les côtes bretonnes: Saint-Malo, Trégastel, Ethel, Auray et sa rivière, Saint-Cado évidemment, et enfin Quiberon.

Heidi était subjuguée par la variété des paysages, s'esclaffant davantage d'émerveillement, d'une ville à l'autre.

"Tous ces paysages sont magnifiques! J'adore la France. J'aurais dû y séjourner plus tôt. Avec toi, c'est encore plus beau que ce que j'aurais pu imaginer!"

Deux semaines plus tard, nous filions vers la Dordogne, afin de nous éloigner de la foule touristique et profiter de balades en forêt, à deux, déguster du bon vin régional et respirer au grand air.
Un peu comme mon confinement, mais bon gré, cette fois. Pas pour une cure de bien-être, mais tout simplement vivre notre romance.

Heidi a largement apprécié cette région. Elle y a trouvé des similitudes avec ma cabane dans les bois, que je n'avais jamais relevées.

Nous reviendrons dans cette région, de temps en temps.

Nous sommes ensuite remontées par les Alpes suisses (léger détour), avons séjourné chez un ami, près de Montreux, puis terminé notre petit périple européen à Bruges, le temps d'un weekend.

Quelques musées, dégustations de bières et balades le long des canaux. Il y avait très peu de monde. Ou peut-être n'ai-je pas fait attention.
A Bruges, la basse saison est en été. Propice à un dernier weekend romantique, en Europe.

Après ces six semaines de voyages, nous reprîmes notre envol vers Vancouver.

A l'aéroport, je vérifiai mes résultats qui venaient de tomber.
Master II validé.
Heidi m'a applaudi, son large sourire aux lèvres:

"Bravo! Je savais que tu réussirais!", puis m'a chaleureusement serré dans ses bras, un baiser appuyé en guise de présent.

Plus d'excuse pour retourner en France, dans l'immédiat. Un premier livre s'achève.

- Tu vas rester travailler au cabinet, avec Charles et Gilles?

- Je ne pense pas. Cela fait un petit moment que je réfléchis à autre chose. J'aimerais ouvrir un cabinet de conseil, par exemple.
  Je voudrais aider les gens, sans être trop impliquée dans des procès et des affaires tordues.
  Ce serait bien d'avoir un peu plus de responsabilité, gérer une équipe et gagner en indépendance.
  Je voudrais simplement aider les gens, sans rentrer dans le conflit, nécessairement. Plutôt dans la médiation. Quelque chose comme ça…
  Il faut que j'en discute avec Charles. Il saura peut-être m'orienter.
  Ce n'est qu'une idée, en fait. Je ne me suis pas vraiment renseignée. On verra! Je changerai certainement de cap, de toute façon. Pas de précipitations.

- Si on s'installait ensemble?

- Hein? Chez toi? (J'ai dit: "pas de précipitations")

- Chez nous!

- J'ai l'impression que c'est déjà le cas, en fait. On ne s'est pas quittées une seule journée, depuis des mois, je te rappelle!

- C'est pour ça, que je te le propose. Si tu veux définitivement t'installer à Vancouver... Avec moi. Officiellement, disons!

- Oui!
  A vrai dire, je m'étais fait la réflexion. J'attendais ton aval, une sollicitation, un signe, un geste, une demande...

  Je souriais, plongeant mon regard dans celui d'Heidi.

- Je t'invite solennellement à emménager avec moi et officialiser notre vie à deux.

- J'accepte évidemment ta demande en emménagement!

Heidi me tendit un trousseau de clefs, large sourire aux lèvres (que j'avais déjà reçu, mais enfin... Il fallait bien symboliser ce moment !).

En soit, je n'imaginais pas que ma vie serait tant bousculée que cela. J'appréciais ma vie citadine. Je pouvais aller voir des expositions, visiter des musées, suivre les évènements en cours et vivre une vie autre que de me languir devant mon bout de plage, en songeant à la vie.
Je vivais pleinement désormais, sans songer à rien d'autre que Heidi.

Nous, dans notre appartement, notre nid douillet à nous.
Officiel, maintenant.

Terminées, les pensées solitaires. Nous étions deux âmes en parfaite harmonie. Nous pensions toutes deux comme une personne, en totale osmose.

Mais au-delà de l'aspect professionnel, j'avais des ambitions personnelles qu'il fallait que je partage avec Heidi, tôt ou tard. Il ne s'agissait pas seulement d'une vie à deux, mais à trois, peut-être plus.
Pas de précipitation.

Lundi matin, reprise du boulot au cabinet.

Charles était déjà présent à mon arrivée, à six heures du matin.

- Ah, Cam! Comment ça va? Ça a été tes examens, puis tes vacances?

- Oui, parfait. Je suis enfin diplômée en droit humanitaire!

- Félicitations! Toujours pas intéressée par le métier d'avocat? J'insiste!

- Ah bon? Tu insistes? Je n'avais pas remarqué, tiens! Mais toujours pas. Non.
  Tu es bien matinal, dis donc! Tu es tombé du lit?

- Non, j'ai fait un petit apéro, hier…

- Donc tu n'as pas dormi et à préféré venir ici, directement?

- C'est exactement ça! Comment as-tu deviné? L'expérience?

- Je pensais que tu était pressé de me revoir, moi!
  Ah… L'expérience! Si j'avais dû tout te dire, tu ne me verrais plus du même oeil!
  On déjeune ensemble, ce midi?

- Comme d'habitude!

Gilles était en congés. Nous avons donc pris notre repas en tête à tête, à sa "cantine".

- Charles, j'ai une chose à te dire.

- Tu veux partir.

- Disons que oui, mais pas immédiatement. J'y songe. Je voulais d'abord échanger avec toi.

- Je ne suis pas étonné. Tu n'es pas du genre à rester en place. Et tu ne seras pas mon assistante toute ta vie! Tu veux faire quoi?

- Je pense ouvrir un cabinet de conseils. Aider des gens démunis, dans l'impossibilité de lancer des procédures, par exemple, ou qui n'ont pas de connaissance suffisante en droit. Je n'en sais trop rien, à vrai dire. J'ai quelques idées qui me passent par la tête, mais rien n'est concrétisé, pour l'instant.

- C'est plutôt une bonne idée. A développer évidemment, mais j'ai confiance en toi. Cela te demandera du temps et de la préparation, en revanche.

- Bien sûr. Rome ne s'est pas construit en un jour (C'est pas vrai. Cette vieille de 50 ans me remplace, à chaque fois que je tente d'échanger normalement avec Charles!)!

- Tu comptes me quitter quand? Il va falloir que j'anticipe et m'organise. Tu fais du bon boulot et tu vas me manquer, évidemment. Je me doutais que tu allais voler de tes propres ailes, à un moment donné.
J'ajoute, encore, que tu pourrais être une excellente associée.
Il va falloir que je trouve quelqu'un pour te remplacer. Ce ne sera pas chose aisée.
Je n'ai toujours pas réussi à te convaincre pour le métier d'avocat. C'est dommage.

- Il ne s'agit pas de me convaincre. Plus tu insistes, moins j'y penserai!Les études, ça suffit. Enfin, pour l'instant.
On travaillera peut-être ensemble, de toute façon?

- Il y a de fortes chances!
J'ai remarqué que tu avais passé plus de temps, au bureau, ces temps-ci. Un point de chute particulier, ici, à Vancouver? Quelque chose de nouveau, dans ta vie?

- Oui. Particulier. En effet.

- Tu vas rester dans le coin, alors?

- Oui, c'est prévu. Enfin, à vrai dire, je viens tout juste d'emménager.
  Bref. Je te préviendrai de mon départ en temps voulu. Pour l'instant, je lève un peu le pied dans mes projets. Cela reste toutefois une idée que je préférais ne pas te cacher.

- Merci, pour ton intégrité.
  Chaque chose en son temps et l'heure est à la fête, aujourd'hui! Tout le monde ne réussit pas ses études, en travaillant en même temps. Et à ton âge!

Sympa.

Charles commanda une bouteille de champagne.

"A ton diplôme et à tes ambitions. Qu'elles te soient bénéfiques".

L'après-midi serait rude.

"Allo Maman? Ici, bébé"

Un lundi soir, quelques semaines plus tard, j'avais manqué un cours de danse pour me rendre chez le médecin, qui m'avait contacté plus tôt dans la journée, afin d'échanger sur la procédure de procréation médicalement assistée.

J'étais en parfaite santé, et fin prête à me lancer dans cette aventure.
Je n'en avais parlé à personne. J'avais fait cela toute seule dans mon coin, avant Heidi, avant de reconnaître qu'il fallait qu'on en discute. Immédiatement.
Qui fait un bébé toute seule?
Enfin, j'ai plusieurs idées, mais pas de bons exemples à mentionner, pour l'heure.

Je rentrai à l'appartement, Heidi était assise sur le canapé, à lire.

- Tiens, tu n'es pas allée à la danse, m'étonnai-je.

- Non, j'ai eu un rendez-vous de dernière minute avec un patient. J'ai fini tard. Tu viens d'où?

- J'étais chez le médecin.

- Tu es malade?

- Non, pas du tout! En revanche, il faut qu'on discute de quelque chose d'important. Je ne suis pas certaine que cela va te plaire.

Heidi posa son livre, ne me lâchant pas de son regard, soudain glacial et inquiet.

- C'est grave?

- Non, non, au contraire! Enfin…. Justement…
J'aurais dû t'en parler avant, mais ce n'était jamais le moment. Cela aurait été un peu brutal, aussi.
Juste avant de te rencontrer, j'ai fait des démarches, de mon côté. J'aurais pu t'en parler tout de suite, mais tu m'aurais prise pour une timbrée. Et, on n'en serait peut-être pas là, aujourd'hui, ici.
Enfin… ce n'était pas le sujet, à ce moment…
Je sais que cela ne fait que quelques mois qu'on est ensemble, mais voilà, j'ai débuté une procédure pour une PMA, tout juste avant notre rencontre. En même temps, même…
A ce moment de ma vie, cela me paraissait être une bonne idée et surtout, le bon moment.
Je ne savais pas encore, à l'époque, qu'il y aurait un "nous". Nous deux, quoi.
Bref. Mon dossier est finalisé, maintenant. J'ai trouvé un donneur, les rendez-vous pour l'insémination sont possibles.
Je voulais connaitre ton point de vue.
Savoir si je ralentis tout cela, si tu serais d'accord pour commencer une histoire plus concrète, si tu voulais plutôt me quitter, si c'est trop pour toi, si tu veux t'impliquer.
Si ce n'est pas le moment ou pas dans tes perspectives d'avenir, tout court, ou avec moi…
C'est un peu délicat, tu vois…

- Hum… Je suis consciente que tu as toujours voulu avoir un enfant. Cela n'a jamais été un secret.
Après, je me dis que c'est effectivement un peu tôt. On vient tout juste d'emménager ensemble.
Et en effet, tu aurais pu m'en parler d'office, mais je ne t'en veux pas. Ce n'est pas un sujet qu'on pose au milieu d'une table, comme ça.
Je comprends ta démarche. Tu ne pouvais pas prédire que tu rencontrerais quelqu'un, à ce moment-là, non plus. Je comprends aussi.
Je me dis que si tu as lancé tout cela, c'est que tu étais prête.
Evidemment, que je voudrais qu'on ait un enfant, un jour.
Et puis, pourquoi pas?
Au pire des cas, on a au moins neuf mois devant nous?

- Tu serais d'accord pour t'impliquer? Enfin, plus que t'impliquer. Tu ferais partie de sa vie, de la notre. Enfin… on serait une famille.

- Ce n'est pas ce que j'ai dit. Disons, qu'on a minimum neuf mois devant nous.

- Dis-moi…

- Tu veux que je fasse partie de votre vie ou qu'on fonde une famille?

- Je m'exprime très mal. Veux-tu qu'on ait un enfant? C'est plus claire, comme cela. J'aurais dû commencer de la sorte, directement. On tourne en rond. Je n'ai pas préparé de discours. J'aurais peut-être dû.

- Et si je ne voulais pas, en fin de compte?

- Tu plaisantes?

- Oui.

- Tu m'énerves. Dis-moi franchement.

- J'ai toujours voulu avoir un enfant, aussi. Avec toi, encore plus.
  Cela me semble évident, même. Et puis, c'est comme un signe: tu lances tes démarches et me rencontres, dans la foulée.
  C'est peut-être un peu tôt, encore une fois, mais si tu te sens prête, je ne t'en empêcherai pas et on se lance.
  C'est une bonne nouvelle, sincèrement, que tu m'annonces.
  Je pense, pour commencer, qu'on devrait commencer à chercher un appartement plus grand. Pas ici.
  Qu'on s'installe chez nous, sereinement et qu'on se prépare, comme il se doit. J'aimerais profiter de toi, aussi. Juste nous deux.

Et cette conversation fut aussi légère que toutes celles que nous avions partagées auparavant.
Comme cela. Pas de complication. Pas de doute. Pas de questionnement sur nos situations, pas d'interrogations environnementale, d'éthique, du point de vue du pape, ou même plus haut, encore.
Qui sait? Il aura peut-être deux-trois trucs à nous dire, plus tard!

Les semaines qui suivirent, nous avons cherché un logement en ville: minimum deux chambres, une terrasse, et surtout, une vue moins plongeante sur les tableaux de verre en face de notre cocon.

J'enchainais les pré-visites après le travail, pendant de longues semaines. J'avais l'impression que tout se ressemblait et que rien ne convenait jamais.
Heidi était moins difficile. Mes opérations en éclaireur devaient bien l'arranger, compte-tenu de ma pointilleuse recherche.
Elle avait rapidement abandonné l'idée de faire les premières visites avec moi:

"Tu visites, et si tu apprécies les lieux, on fait une contre-visite."

En quelques semaines, finalement, nous nous sommes mises d'accord pour un appartement sur Drake Street, avec vue sur le port.
Deux chambres, une terrasse, pas de vis-vis, 111 mètres carré, un sauna, une piscine, deux places de parking dans l'immeuble, et un parc au dehors, avec une vue sur le port de Vancouver, évidemment.
J'avais besoin d'une vue sur l'eau, sur l'horizon. Un bon compromis entre ma maison en forêt et notre appartement actuel.

En trois mois, nous nous installions enfin, chez Nous.

Après notre emménagement seulement, nous prenions notre ultime rendez-vous, pour l'insémination.
Nous avons choisi un donneur non-anonyme.

Si notre enfant voulait connaitre son père, les démarches seront beaucoup plus simples, pour lui. On a le droit de connaitre nos origines.

Je ne veux pas d'un enfant qui sera le héros de ce film, pendant lequel il cherche à connaître ses ascendants, et découvre au final que son père était un proxénète, décédé d'une overdose de crack dans une ruelle sombre.

Notre enfant n'étais pas né, que déjà, nous anticipions le pire (pas cette histoire de proxénétisme. Cela, c'est juste moi.).

Je tombai enceinte, dès ce premier "essai".

Charles a remarqué dès mon le premier trimestre, mon "changement": "Tu as très bonne mine, Cam. Quelque chose de nouveau dans ta vie?", entres autres allusions.

Un homme silencieux, mais grand observateur. Il doit certainement juger le monde, qui l'entoure, lui aussi.

J'ai fini par lui avouer ma grossesse, dès le quatrième mois.
Il semblait étonnamment ravi de la nouvelle.

Il me demandait tous les jours comment j'allais, si je n'étais pas trop fatiguée, si j'avais besoin de quelque chose, si tout se passait bien, si je mangeais bien, dormais suffisamment, si j'avais besoin de journées de repos,…

Heidi, quant à elle, faisait de même. Elle était constamment aux petits soins:

"Ne vas pas faire les courses; arrête les travaux; je prépare le dîner; je t'ai fait couler un bain,…"

Elle savait quand j'avais des sautes d'humeur: qu'il ne fallait pas me chercher. Ne pas me parler. Ne pas me regarder. Arrêter de respirer. Et plutôt me ramener un bon plat cuisiné et des chocolats. Beaucoup. A haute dose. Avec des câlins, aussi. Beaucoup plus.

Je suis finalement restée travailler avec Charles, jusqu'à mon congé maternité, pendant lequel je commençais à me renseigner sur d'éventuels locaux à louer, des subventions de l'Etat qui pouvaient m'être allouées pour le cabinet, et la création d'un site internet pour lancer et faire connaitre mon éventuel activité.

Le 14 juillet de l'année suivante, je donnais naissance à notre enfant.
Une petite fille, plus lumineuse que le soleil, avec dix doigts: dix aux mains et dix autres aux pieds.
Une petite crapule de 3.08 kgs et 49 centimètres, prête à tout pour nous démontrer son existence, les premières nuits de ses dix mois de vie, pour commencer.
Nous nous inquiéterons toujours pour elle.

Lucy, qui passait beaucoup de temps dans notre nouvel appartement depuis quelques semaines, était arrivée à l'hôpital en première, un grand panier de cadeaux sous le bras: des bodies, une peluche, des bavoirs, des petits jouets et un gros lot de couches de naissance.

"Bonjour, les filles! Félicitations! Enfin, surtout à toi Cam! Tu as bonne mine!"

Elle mentait. J'avais grande faim et cela faisait quatorze heures que je n'avais rien avalé.

Heidi s'était absentée me commander une quarantaine de sushis, à ma demande.
Je les mangerai tous et en demanderai davantage.

Lucy s'empara de ma fille et lui parlait non-stop:

"Bonjour, le bébé! Tu sais que tu ne pouvais pas mieux tomber: tu as deux maman: une artiste et une philosophe! T'as plus qu'à assurer!
Oh mais regarde! Qu'est-ce qu'il y a dans ton petit panier? Ne serait-ce pas un tambour pour bébé, là? Et oh… ! Des gros crayons pour dessiner"

- Lucy, elle vient d'arriver sur Terre. Tu ne crois pas qu'elle va commencer à faire des sculptures et dessiner des oeuvres d'art, à à peine trois heures d'existence, tout de même? Pourquoi pas un violon, tant que tu y es!

- Pourquoi pas? Ce n'est pas une mauvaise idée, ça? Une musicienne! J'ai pensé aussi, que tu pouvais lui placer une toile au-dessus de son lit avec des crayons suspendus et tu verras ce qu'elle fera, avec!
Non? Ben quoi? Elle ferait sa propre déco?

Heidi, chargée d'un plateau de sushis, entra dans la chambre:

- Ah! Bonjour Lucy. J'avais l'intime conviction que tu serais la première arrivée. Ça va?
Oh les jolies cadeaux!

Ne commence pas à nous la pourrir, Lucy. On veut en faire une personne convenable.

(Elle sera pourrie.)

- J'appelle cela de l'instruction.

- Un tambour et des crayons?
Non, je n'ai rien dit, Lucy. Pardon. Merci pour tout, Tati Lulu, acquiesça Heidi.

Heidi, Maman parfaite, se levait toutes les nuits pour nourrir notre enfant, la bercer et l'aider à la rendormir. Elle se levait et courait dans la chambre de notre fille, me doublant dans cette course aux couches remplies.

"Repose-toi. Tu en as pris soin pendant neuf mois. C'est mon tour, maintenant, de faire aussi ma part", m'avait-elle assuré.

Le jour, Heidi partait travailler, pendant que je couvais notre petite fille: je la nourrissais, la changeais, lui chantais des chansons et lorsqu'elle dormait (enfin), je m'occupais de l'appartement: cuisine, ménage et réflexions succinctes sur mon éventuelle vie professionnelle.

Pour l'heure, j'étais une femme au foyer, en interim.

Charles est passé nous voir deux semaines plus tard. Il est arrivé, un peu gauche, regardant distraitement les lieux.

- Vous êtes bien installées. J'habite tout près d'ici, à une rue. Je voulais te laisser le temps de t'habituer à votre vie à trois avant de venir vous voir.
 Pas trop difficile, ce nouveau rôle?

- Non, non. Je suis comblée. Un vrai petit ange.
 Enfin, disons qu'elle ne retourne pas l'appartement tous les quatre matins!
 Elle dort, en ce moment. Elle devrait se réveiller d'ici une heure, je pense.

J'offrais un café à Charles et prenais des nouvelles du cabinet. Tout se passait bien mais Charles avait davantage de travail et souffrait de mon absence, d'où son passage deux semaines après la naissance de Charlotte, également.

Une petite voix dans l'autre pièce se fit entendre.

J'allais récupérer ma fille, et la présentais à Charles.

Maladroitement, il la prit dans ses bras et la regardait, silencieux.
Je me demande à quoi il songeait (Bonjour, Charles, avocat spécialisé en droit de l'Homme. On se sert la pince? Café? Ça va, le boulot? On fait bien tous ses rots comme il faut?).

"Elle te ressemble. On dirait un peu une petite asiatique".

Je souriais. Cela faisait longtemps que je n'avais entendu telle comparaison. Que j'avais toujours trouvé absurde.

Heidi rentra à la maison, à ce moment. Heidi, cette apparition stellaire.

- Bonjour, vous devez être Charles.

- Bonjour, oui. Enchanté!

- Heidi, ma compagne.

- Ravi de vous rencontrer, enfin.

- De même! Ah j'oubliais, j'ai apporté une petite peluche pour Charlotte. C'est un castor. Originalité oblige! C'est une petite canadienne, n'est-ce pas? Même si elle est née un 14 juillet!

- Merci, Charles. Tu veux rester pour le dîner?

- Non, merci. Je dîne avec mon amie. Une autre fois, peut-être.

Charles s'en alla une heure plus tard, observant silencieusement Charlotte, un sourire timide et attendri, à la fois.
Charles serait-il donc un humain, avec une amie et… voué de sentiments?

Lucy, en revanche, se joignit à nous, pour le dîner. Et lorsque j'écris "se joindre", je veux dire s'incruster.

Je me demande bien ce qu'elle faisait de ses journées à errer dans les rues de Vancouver. Elle nous l'apprendra plus tard.

Lucy en fait, prospectait secrètement, afin de s'installer à Vancouver.
Elle a finalement investi dans l'acquisition d'un loft, situé à Yaletown.
Elle ouvrira sa galerie d'art et viendra nous rendre visite régulièrement. Tati Lulu.

Elle ne se mariera jamais, malgré les nombreuses aventures amoureuses qu'elle rencontrera, au fil de sa vie.

Son amour, sa vie, ses passions furent contées via ses nombreuses oeuvres.

Beaucoup seront exposées dans la chambre de Charlotte, petite planète aux couleurs et personnages, du monde de Lucy.

"The Good Wife"

Quatre mois après la naissance de Charlotte, je repris le chemin du travail.

La naissance de ma fille, m'a en quelque sorte, été telle une nouvelle impulsion, dans ma vie professionnelle.

Je passais plus de temps au travail, restais tardivement au bureau avec Charles, m'impliquais davantage dans mes missions, allais toujours plus loin encore, travaillais en équipe et empiétais largement sur les missions de mon boss.

Après quelques mois de travail intensif, Charles me reposa cette question fatidique:

"Toujours pas intéressée par le métier d'avocat?"

"Si."

Charles sourit, fier de mes nouvelles ambitions.
Il m'expliqua qu'il fallait que je passe un "Juris Doctor en Common Law", afin de faire valoir l'équivalence avec mes diplômes parisiens.
Il m'orienta vers l'université de Montréal, car elle proposait une formation à distance.

Cela me permettrait de passer l'examen, une fois prête, à me lancer.

*

En accord avec Heidi, je quittais mon poste d'assistante.
Je cumulerai encore et toujours, a minima "deux vies": celle de femme au foyer et avocate en devenir.

Bébé dormait, je bachotais.
Bébé se réveillait, je redevenais maman à temps complet.
Heidi rentrait du travail, je demeurais une femme des plus comblées. Des plus amoureuses.

Je passais l'examen un an plus tard et reviendrai effectuer mon stage d'un an, au sein du cabinet de Charles.
Dans ce cabinet, il ne restait plus que Charles et Rebecca, à mon retour.

Ben, ce jeune homme passionné, s'en était allé quelques mois plus tôt. Alexia, l'amour de sa vie, l'avait quitté pour un autre.
Inopinément.
Ce pauvre garçon a démissionné à la suite d'une longue et douloureuse dépression. Il n'avait plus les armes pour revenir travailler.
Sa vie, c'était Alexia, sa force, et rien d'autre. Le travail, une illusion.

Charles m'avait contacté au beau milieu d'une nuit ténébreuse, complètement bouleversé.

"Ben s'est donné la mort".

Un garde-forestier avait retrouvé son véhicule dans un lac, Ben, le corps sans vie, au volant de sa voiture, une corde autour de son coup, celle-ci accrochée vigoureusement à un arbre.

Une double mise à mort. Comme une assurance. Au fond d'un lac.
Un défunt asphyxié, se noyant et s'enterrant lui-même.
Une double tragédie.
Jamais, s'était-il sans doute dit, ne ressentirait-il quoi que ce soit de plus beau, que l'Amour qu'il avait nourri pour sa dulcinée. Alexia.
Emplie de tristesse, il a abandonné tout espoir de tout, toute relativité à l'existence.
Il a perdu son combat contre cet aléa de la vie, sans même essayer de lutter.

Ben est parti, par Amour.
Ben, romantique sinistré, a plongé dans la mort.

Gilles avait pris sa retraite, au moment où Ben s'était engouffré dans sa dépression. Il ne l'a plus jamais mentionné, après son départ.

Rebecca était toujours présente, fidèle à son poste et à sa besogne quotidienne.

Charles avait recruté un jeune associé, à la suite de mon départ.

Je m'installais dans le bureau de Gilles, dont je perpétuerai les missions (les tours de papier en moins. Place à *Silent Hill*. Bye bye, *Duck Hunt*. Les passions évoluent et la vie, avec.).

Mon assistant, tout juste recruté eut pour première mission de classer et informatiser les immeubles de dossier qu'avaient laissés mon prédécesseur (pauvre de lui).
C'était un jeune homme motivé, qui réfléchissait encore au métier qu'il voulait exercer.

Je ne voulais pas le bousculer et le laisser libre de ses choix de carrière.

J'installai mon bureau, face aux miroirs de verre dessinés derrière les vitres de mon nouvel office.
Ce paysage de petits villageois derrière ces vitres, m'était finalement devenus, tels des milliers de fourmis, actrices de mon feuilleton préféré.

"Maison à vendre"

Nous avons pris la décision de mettre en vente notre maison dans la forêt. Charlotte venait de fêter son premier anniversaire.
Nous nous y étions rendues à peine deux fois, depuis sa venue au monde.
Elle n'avait même pas rencontré mes amis des bois.

Avec Heidi, nous avions réalisé que cette demeure faisait désormais partie du passé, ou d'une autre vie. Il fallait la laisser vivre sa vie.
Plus le temps rien que pour y penser, s'y rendre, plus l'envie, plus la nécessité d'y séjourner.

Notre vie de famille à Vancouver, était telle que nous nous complaisions, toutes les trois, à notre accoutumance dans la jungle urbaine.

Charlotte y avait bien sa petite chambre dédiée avec : un berceau, une table à langer, des petits cadres photos d'animaux sur les murs roses pâles, des peluches comblant le vide de son berceau, mais cette pièce reflétait presque tragiquement un vide pesant, dans cette grande propriété abandonnée.
Elle n'était que le témoin d'une vie qui nous était devenue tout à fait étrangère.
Il fallait que ces murs vivent, y laisser une famille bousculer ce paradis démentiel.

Je ne m'attendais pas à une vente immédiate.
Cette propriété avait été laissée à l'abandon deux années avant mon adoption. J'imaginais conserver cette image, de mon

escapade, mon fort de plaisance, encore un tout petit peu de temps.

Et pourtant, en quelques semaines, des acheteurs avaient été immédiatement conquis par les lieux.
Un couple de quarantenaire: lui, écrivain, elle, pianiste.

Leur situation leur permettrait de vivre dans un lieu excentré de la ville, sans avoir à cumuler des allers-retours entre la labeur et le répit. Entre le bruit sourd de la ville et le silence éclatant de la forêt.

J'ai profité de mon déménagement pour présenter Charlotte à ma tribu, un dimanche midi, à laquelle je promettrai des visites régulières.
Un nouveau né, symbole de notre départ définitif.

En quittant mes amis, je me suis néanmoins fait une raison et me suis avouée, instinctivement, que même si on avait passé certainement de très bons moments, sans doute parmi les meilleurs de mon existence, je ne les reverrai plus jamais, de ma vie.
Cette prédiction se réalisera, de toute évidence.

Cette parenthèse utile de mon existence, se refermerait: moi, confiant ce trousseau de clef symbolique à ces deux inconnus, et saluant mes amis, comme si on déjeunerait à nouveau autour d'une tablée dominicale, comme à notre antique habitude.
Ce ne fut absolument pas le cas.

Je me suis délaissée de la plupart de mes meubles, par manque de place à Vancouver. J'en ai semé ici et là et en ai cédé tout simplement aux nouveaux propriétaires.

Avant mon départ définitif, Charlotte dans mes bras, je fis un dernier tour d'horizon de ce petit nid, que j'avais meublé, décoré et ravivé.

Je regardais la bibliothèque, revêtue de couches irrégulières de poussière, des marques blanches laissées par les livres exposés sur les planches de bois; ce canapé, nu, errant sur le parquet blanchâtre au beau milieu de cette pièce, et moi, assise, sur ce coin de la table basse, mon bébé contre moi, observant une dernière fois la forêt au dehors, en silence.

Je me rappelai l'arrivée de Sam, le dépôt de tout ce bois que j'avais métamorphosé en cette imposante bibliothèque.
Je le revoyais, dans cette pièce coquette, petit homme robuste, émerveillé par ces colonnes de bois, ces couleurs chaudes, cette décoration qui à l'époque, avait du sens. Il y avait une vie, ici, une vie qui fleurirait davantage pour dessiner la forêt dans laquelle j'évoluerai.
Sam, qui devait partir précipitamment s'occuper de bébé Joey, devenu aujourd'hui ce jeune bonhomme, qui parle, court, lit et comble ses parents de bonheur.

Sam et Beth s'apprêtaient à accueillir bébé numéro 2. Ils resteraient vivre dans cette forêt, où leurs trois enfants grandiraient.
Ils demeureront ensemble, dans leur chalet, jusqu'à la fin de leurs jours, leurs enfants avec eux.

Sur la terrasse, je me tenais debout, observant l'horizon de la mer, ses couleurs distinctes, cette séparation précise des vagues et de l'eau, presque stagnante, à mes yeux, ce jour-là.

Je remarquai, un peu plus loin, en contrebas, Phil et Beth, assis sur ce rocher emblématique, face à la mer.
Leurs fils venait de quitter la maison familiale pour étudier à Vancouver. Il se préparerait à enseigner la littérature.

Phil et Meg, figés sur cette plage, tels deux vieux cons.
Phil se marierait avec une femme plus jeune, plus fringuante.
Meg s'installera avec un homme plus âgé, moins burlesque.

Je franchis la porte d'entrée, et remarquai Heidi, discutant avec ce jeune couple loufoque, le long de la haie que j'avais tantôt plantée.

Elle m'observa attentivement, ses yeux, qui, même de loin, étaient emplis de bienveillance et quiétude.
Sa présence me rassurait toujours autant. Me confortait. Elle, mon amie, elle, mon amante, elle mon soutien des plus spirituels, elle, mon marbre chaud.

"Comment vas-tu? Tout ira bien", illustra-t-elle, d'un simple, regard bleu et calme, comme cet océan, que j'avais laissé derrière moi. "Je serai là."

Je laissais les clefs sur la serrure, ne verrouillant pas les lieux.

Derrière le portail, je décidai de cueillir une pousse de cette barrière de feuilles, que j'avais plantée autrefois, et l'offrirai à Charlotte.

Nous empoterons cet arbuste et le laisserons grandir, dans la chambre de notre enfant.
Il fleurira avec notre fille, aux grés du soleil, de la pluie et des

tempêtes.
Je nommerai secrètement ce petit arbre, Gary.

Dans la voiture, Heidi me fixa du regard quelques longues secondes, et nous avons démarré, en silence, à travers la forêt.

Les arbres chacun leur tour, s'inclinaient au-dessus de nous, au rythme du souffle du vent attisé par le passage de l'engin, sous un beau ciel clairsemé.

Charlotte dormait paisiblement sur la plage arrière.
Pas de musique, pas un bruit dans le véhicule.
Et le soleil rayonnant, nous accueillait à l'orée de notre chemin de retraite.

Un chapitre s'achève.
Nous n'aurions aucune autre envie, que de nous voir prospérer toutes les trois à Vancouver, peut-être pour un jour, une semaine, pour toujours.